Alessandro Manzoni

I Pr

Ada...

...ttività di Pierangela Diadori

Illustrazioni di **Francesco Gonin**

Redazione: Daniela Difrancesco, Donatella Sartor
Progetto grafico e direzione artistica: Nadia Maestri
Grafica al computer: Tiziana Pesce
Ricerca iconografica: Laura Lagomarsino

Crediti fotografici:
Lago di Como (XIX secolo), scuola inglese, © Archivio Iconografico, S.A. /
CORBIS: copertina; **Villa Pliniana, Lago di Como** (1803), scuola francese,
Giraudon, Musee Marmottan, Paris, France / The Bridgeman Art Library:
frontespizio; Foto SCALA, Firenze: 4, 6, 24- 25, 74-75, 78, 94; © Elio Ciol /
CORBIS: 21; © The Art Archive / CORBIS: 22; Civica Pinacoteca Malaspina,
Pavia: 52; Jean-Francois Claustre, Musee Joseph Dechelette, Roanne, France
/ The Bridgeman Art Library: 55; Civica Raccolta Bertarelli, Milano: 115

Saremo lieti di ricevere i vostri commenti, eventuali suggerimenti e di
fornirvi ulteriori informazioni che riguardano le nostre pubblicazioni:
redazione@cideb.it

Le soluzioni degli esercizi sono disponibili nel sito www.cideb.it, area
studenti/download

CISQ CISQCERT
**TEXTBOOKS AND
TEACHING MATERIALS**
The quality of the publisher's
design, production and sales processes has
been certified to the standard of
UNI EN ISO 9001

ISBN 978-88-530-0661-5   Libro
ISBN 978-88-530-0660-8   Libro + CD

Stampato in Italia da Litoprint, Genova

Indice

 Testo integralmente registrato

 Attività di ascolto

 Esercizi in stile CELI 4 (Certificato di conoscenza della lingua italiana), livello C1

Corrispondenze fra i capitoli di questo volume e i capitoli del romanzo:
Il capitolo 1 corrisponde ai capitoli I-VI
Il capitolo 2 corrisponde ai capitoli VII-X
Il capitolo 3 corrisponde ai capitoli IX-XI
Il capitolo 4 corrisponde ai capitoli XII-XIX
Il capitolo 5 corrisponde ai capitoli XX-XXVI
Il capitolo 6 corrisponde ai capitoli XXVII-XXXVI
Il capitolo 7 corrisponde ai capitoli XXXVII-XXXVIII

Alessandro Manzoni (1841), Francesco Hayez.
Pinacoteca di Brera, Milano.

Alessandro Manzoni

Alessandro Manzoni nasce a Milano nel 1785 da una famiglia ricca e famosa: sua madre, Giulia Beccaria, era figlia dello scrittore Cesare Beccaria e suo padre, Pietro, era un nobiluomo.

In famiglia, come accade in quest'epoca presso i nobili, Alessandro parla francese o il dialetto milanese e impara l'italiano a scuola, sui testi dei grandi scrittori del passato: l'italiano che conosciamo oggi, infatti, a quei tempi è ancora una lingua scritta, che pochissimi parlano.

Il futuro scrittore studia a Milano in un collegio religioso e poi, nel 1805, va a vivere a Parigi da sua madre, che fin dal 1792 si era separata dal marito per unirsi al Conte Carlo Imbonati.

A Parigi il giovane Alessandro, affascinato dalla vita culturale della capitale francese e dalle teorie illuministe, [1] incontra scrittori e poeti.

Nel 1807, tornato in Italia, conosce Enrichetta Blondel, una giovane di Ginevra: i due si innamorano e si sposano nel 1808. Due anni dopo, Manzoni ha una crisi spirituale e si converte al Cattolicesimo. Dal 1810 la coppia vive stabilmente a Milano e la loro bella casa diventa un ritrovo di scrittori e poeti; nel suo salotto si discute di arte e di letteratura, secondo le nuove idee del Romanticismo. [2]

Proprio dal 1812 al 1830 Manzoni scrive le sue opere più famose, tutte legate ai principi della morale cattolica: poesie (*Inni sacri*, *Marzo 1821*, *Il cinque maggio*); tragedie (*Il conte di Carmagnola*, *l'Adelchi*); saggi (*Osservazioni sulla morale cattolica*) e la prima versione del romanzo considerato il suo capolavoro: *I Promessi Sposi*.

Nel 1827, dopo la pubblicazione della prima edizione del romanzo, lo scrittore va a vivere con la famiglia a Firenze e comincia a studiare la lingua fiorentina parlata dalle persone colte, sul cui modello rivede e corregge tutto il romanzo.

In questa fase della sua vita viene colpito da un grave lutto: la notte di Natale del 1833 muore Enrichetta. In 25 anni di matrimonio avevano avuto nove figli; la morte di quattro di loro segue di poco quella della madre. Nel 1837 Manzoni si risposa con una vedova, [3] la contessa Teresa Borri Stampa, e nel 1840 pubblica la versione definitiva dei *Promessi Sposi*.

---

1. **Illuminismo** : movimento culturale diffuso in Europa nel Settecento, caratterizzato dalla fede nel progresso della civiltà e nell'emancipazione dell'uomo sotto la guida dei "lumi" della ragione.
2. **Romanticismo** : movimento intellettuale e artistico nato in Europa nell'Ottocento, che sostiene la spontaneità e la creatività dell'individuo, il sentimento e l'immaginazione, contro la ragione e l'analisi critica.
3. **vedova** : donna a cui è morto il marito.

Nel 1861 si conclude il processo di unificazione dell'Italia: il nostro paese è ora uno stato unico, dalle Alpi alla Sicilia, non più diviso in tanti piccoli stati come in passato, ma ancora diviso dai tanti dialetti:[1] piemontese, lombardo, veneto, ligure, calabrese... Manzoni è convinto che la lingua parlata a Firenze sia quella che tutti dovrebbero imparare a parlare e scrivere e ne dà un esempio proprio con I Promessi Sposi. In realtà, solo un secolo dopo, alla metà del Novecento, gli Italiani parleranno tutti l'italiano, e questo grazie anche alla diffusione della radio e della televisione.

Ormai ricco e famoso, Manzoni, che nel 1860 era stato proclamato Senatore[2] del Regno, diventa in seguito Presidente della "Commissione per l'unificazione della lingua". Nel 1870 è nominato

cittadino onorario di Roma, capitale d'Italia.

Muore a Milano nel 1873.

Interno dello studio di Alessandro Manzoni.
Casa di Manzoni, Milano.

1. **dialetti** : lingue usate in aree geografiche limitate e considerate di minore prestigio rispetto alla lingua nazionale.
2. **Senatore** : persona che fa parte del Senato (un gruppo di importanti funzionari del governo).

1 **Leggi il seguente brano e indica le risposte esatte.**

Oggi, curiosando nella biblioteca, ho scoperto un antico manoscritto del Seicento, quasi illeggibile sia per la lingua antiquata sia per la scrittura consumata dal tempo. La storia, però, mi sembra interessante: parla di un ragazzo e di una ragazza, promessi sposi, che devono affrontare una serie di problemi prima di potersi finalmente sposare. Potrei trascriverla, ma, così com'è, chissà se qualcuno vorrà fare la fatica di leggerla? Anzi, ho un'altra idea: voglio rifarla, spiegando nella lingua di oggi i fatti contenuti nel manoscritto. Sarebbe un peccato che una storia così bella rimanesse sconosciuta. E ora, al lavoro. Ecco il titolo che ho scelto: *I Promessi Sposi, storia milanese del secolo XVII, scoperta e rifatta da Alessandro Manzoni.*

1 Chi scrive?
- [ ] L'autore del manoscritto
- [ ] Manzoni
- [ ] Un critico

2 Quando scrive?
- [ ] Nel Seicento
- [ ] Nell'Ottocento
- [ ] Oggi

3 Com'è la storia del manoscritto?
- [ ] Facile da leggere
- [ ] Noiosa
- [ ] Avvincente

4 In quale secolo sono ambientati *I Promessi Sposi?*
- [ ] Seicento
- [ ] Ottocento
- [ ] Novecento

I fidanzati

È quasi sera. Don Abbondio, un vecchio prete [1] di campagna, sta tornando a casa. È solo e legge il suo libro di preghiere.

Improvvisamente, due giovani con la barba [2] lunga e gli occhi feroci [3] lo fermano e gli chiedono:

"Avete intenzione di celebrare il matrimonio di Renzo Tramaglino e Lucia Mondella domani, vero?"

"Beh... cioè... io..."

"Questo matrimonio non si deve fare, né domani né mai!"

Don Abbondio sa che quei due sono dei 'bravi', cioè dei giovani al servizio di Don Rodrigo, un prepotente [4] signorotto [5] del luogo. E sa anche che le loro minacce sono sempre pericolose. Perciò,

---

1. **prete** : rappresentante della chiesa cattolica, curato, parroco.
2. **barba** : peli del mento e delle guance.
3. **feroce** : cattivo, malvagio.
4. **prepotente** : chi vuole avere sempre ragione e ottenere tutto.
5. **signorotto** : uomo ricco e violento, proprietario di un castello e al comando di un gruppo di giovani pronti a tutto per lui (i bravi).

I promessi sposi

tutto impaurito, ritorna a casa dalla sua serva Perpetua e si chiude in camera, dicendole di non aprire a nessuno.

Il giorno dopo Renzo, felice, bussa [1] alla porta di Don Abbondio:

"Sono venuto, signor curato, per sapere quando dobbiamo trovarci in chiesa."

"Ma di che giorno parli?" gli chiede Don Abbondio, fingendo di essere sorpreso.

"Come, non si ricorda che io e Lucia ci sposiamo oggi?"

"Oggi? Mi dispiace, ma oggi non posso."

"E allora quando?"

"Fra... diciamo... fra quindici giorni!"

Uscendo dalla casa del prete, Renzo incontra Perpetua che gli dice:

"Eh, povero Renzo! Ci sono tanti prepotenti al mondo...

---

1. **bussare** : battere alla porta per farsi aprire.

È brutto nascere poveri..."

Renzo è un buon giovane, ma non è stupido: capisce che c'è un mistero sotto e che Don Abbondio non dice la verità. Perciò rientra nella casa del parroco e gli chiede:

"Chi è quel prepotente che non vuole che io sposi Lucia?"

Dopo molte esitazioni, Don Abbondio balbetta: [1]

"Don... Ro... dri... go."

Quel nome ha un effetto terribile sul giovane. Renzo è disperato, ma deve dare la brutta notizia alla sua fidanzata.

Va verso la casetta dove Lucia vive con la madre Agnese;

---

1. **balbettare** : parlare con molte esitazioni, ripetendo più volte la stessa sillaba.

anche loro, come Renzo, lavorano nella filanda [1] del paese. Da qualche giorno c'è grande aria di festa, perché Lucia si sposa.

Renzo arriva di corsa e vede Lucia, mentre esce di casa nel suo vestito da sposa: le amiche la circondano, ammirandola, e lei sorride felice.

Renzo la chiama e Lucia, vedendolo preoccupato, ha un triste presentimento. [2]

"Lucia," le dice Renzo "per oggi niente da fare e Dio sa quando potremo essere marito e moglie!"

Lucia scoppia a piangere. Renzo non sa cosa fare, ma Agnese, più saggia, [3] cerca un modo per risolvere il problema:

"Sentite, non bisogna spaventarsi. So io cosa bisogna fare. Renzo, vai a Lecco dal dottor Azzeccagarbugli, [4] quell'avvocato [5] alto, magro e con gli occhiali. Attento, però, a non chiamarlo così, perché è un soprannome!

1. **filanda** : luogo dove si trasforma il cotone, la lana o la seta in filo.

2. **presentimento** : sensazione di qualcosa che sta per succedere.

3. **saggia** : prudente, con molta esperienza e perciò capace di dare giudizi giusti e di trovare soluzioni ai problemi.

4. **Azzeccagarbugli** : soprannome inventato dal Manzoni per indicare un avvocato capace di tirare fuori dai guai ogni persona (**azzeccare** : riuscire; **ingarbugliato** : confuso, pieno di nodi da sciogliere).

5. **avvocato** : dottore in giurisprudenza, che difende o accusa nei processi civili e penali.

11

I Promessi Sposi

Vedi questi quattro capponi [1] che dovevo ammazzare per il pranzo di nozze? [2] Bene, prendili e portaglieli, perché non bisogna mai andare a mani vuote da questi signori. Raccontagli tutto e vedrai che lui saprà darci un buon consiglio."

Arrivato alla casa dell'avvocato, Renzo gli offre i quattro capponi e poi comincia a parlare:

"Vorrei sapere da Voi che avete studiato..."

"Parla, parla..." lo incoraggia il dottor Azzeccagarbugli.

"Vorrei sapere... se c'è una pena [3] per chi minaccia [4] un prete, perché non faccia un matrimonio."

L'avvocato, abituato a difendere i prepotenti, pensa che Renzo sia un 'bravo' che ha minacciato un prete e comincia a spiegargli il caso.

"Ma signor avvocato, cosa avete capito?" gli dice ad un certo punto Renzo, "Io non ho minacciato nessuno, io non faccio queste cose. È quel prepotente di Don Rodrigo che ha minacciato me..."

A sentire il nome di Don Rodrigo, il dottor Azzeccagarbugli smette di parlare, si alza, spinge Renzo con le mani verso la porta, chiama la serva e gli fa restituire i capponi dicendo:

"Via, via, non voglio niente, non voglio niente!"

Renzo, con i capponi più morti che vivi in mano e con il cuore pieno di collera, [5] torna da Lucia e Agnese.

---

1. **cappone** : gallo castrato, dalla carne particolarmente tenera e saporita.
2. **nozze** : matrimonio.
3. **pena** : punizione. Chi ha commesso un atto illegale può essere condannato a pagare una somma di denaro, a stare in prigione per un certo periodo di tempo.
4. **minacciare** : fare paura a qualcuno promettendo di fargli del male.
5. **collera** : rabbia, ira.

"Bene, proprio un bravo avvocato mi avete consigliato!
Uno che difende i poveri!"

Agnese non riesce a credere al racconto di Renzo, ma Lucia ha un'altra idea: chiederà consiglio a Fra' Cristoforo, un bravo frate che conosce da tempo.

"Vedrete che lui saprà trovare una soluzione che noi non immaginiamo nemmeno" dice piena di speranza.

"Lo spero," risponde Renzo ancora arrabbiato "altrimenti mi farò giustizia da solo!"

"Buona notte" dice triste Lucia al fidanzato.

"Buona notte" risponde Renzo, ancora più triste.

"Qualche santo ci aiuterà" conclude Agnese.

Comprensione

1 Completa le seguenti frasi, riferite ai fatti narrati nel capitolo 1, con i nomi dei personaggi giusti.

1 Renzo ama .... e i due giovani hanno già fissato il giorno del matrimonio.

2 Ma .... , un signorotto del luogo, ha visto Lucia per strada: la ragazza gli piace e ha deciso di impedire il suo matrimonio; perciò manda due suoi 'bravi' a minacciare il prete che dovrebbe celebrare le nozze.

3 .... non è molto coraggioso e decide di rimandare il matrimonio: Renzo è furioso, ma non c'è niente da fare.

4 Intanto a casa di Lucia e .... è festa grande: è il giorno delle nozze e la sposa è già pronta nel suo bell'abito.

5 Quando Renzo informa le due donne che il matrimonio non si può fare, ... ha un'idea: si può chiedere aiuto ad un famoso avvocato di Lecco, il dottor ....

6 .... parte subito per Lecco, ma l'avvocato, appena sente il nome di ...., lo manda via sgarbatamente, perché sa che quel signorotto è troppo potente e non è consigliabile averlo come nemico.

2 Leggi le seguenti frasi e rimettile in ordine cronologico per costruire un breve riassunto del capitolo 1.

a ☐ Renzo va a parlare a Don Abbondio per decidere gli ultimi dettagli delle nozze.

b ☐ Don Abbondio incontra i 'bravi'.

c ☐ Il dottor Azzeccagarbugli incontra Renzo, ma quando sente parlare di Don Rodrigo lo manda via senza aiutarlo.

d ☐ Don Abbondio informa Renzo che le nozze non si possono fare.

e ☐ Agnese consiglia a Renzo di andare da un avvocato di Lecco.

14

Competenze linguistiche

1 Collega ogni parola della colonna di sinistra con la parola della colonna di destra di significato uguale.

lo sposo	andare
le nozze	il vestito
l'abito	la moglie
il promesso sposo	scappare
recarsi	la fidanzata
la sposa	il matrimonio
fuggire	il marito
il curato	il fidanzato
la promessa sposa	il prete

Grammatica

1 Inserisci nella seguente tabella i verbi che hanno la stessa radice dei nomi della lista. (Attenzione: sono tutti nomi e verbi che trovi nel capitolo 1.)

NOMI	VERBI	NOMI	VERBI
il ritorno	ritornare	il lavoro	....
la minaccia	....	il sorriso	....
la paura	....	l'ammirazione	....
l'apertura	....	il pianto	....
il ricordo	....	la soluzione	....
l'uscita	....	lo spavento	....
l'esitazione	....	il consiglio	....

Produzione scritta

1 Nel capitolo 1 hai incontrato i personaggi qui raffigurati. Scrivi sotto a ciascuno il suo nome e le sue caratteristiche.

> Renzo Tramaglino   Lucia Mondella
> Don Abbondio   Fra' Cristoforo   Don Rodrigo

> giovane operaio   signorotto prepotente   prete pauroso
> ragazza mite e religiosa   monaco coraggioso

1 ....

....

2 ....

....

3 ....

....

4 ....

....

5 ....

....

2 La notte dopo il suo incontro con i 'bravi', Don Abbondio fa un brutto sogno. Immagina di essere al suo posto e di descriverlo, utilizzando le seguenti parole.

> Don Rodrigo   bravi   Renzo   paura   gridare   spada
> fucile   pistola   inseguire   scappare   cadere

Incomincia così:

Stanotte ho fatto un bruttissimo sogno: camminavo tranquillo per la strada, quando improvvisamente ho visto...

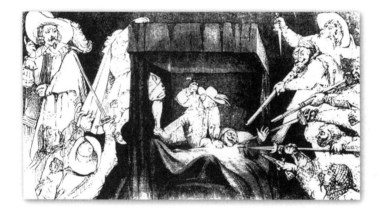

3 Come ti sembra il carattere di Don Abbondio?
Trova almeno tre buoni motivi per giustificare il suo comportamento e altrettanti per condannarlo.

4 Il dottor Azzeccagarbugli è un avvocato poco onesto.
Nella società di oggi, come avrebbe potuto reagire Renzo in un caso simile?

La Lombardia

Il romanzo si svolge nell'Italia del nord, in quella che oggi è la regione Lombardia. Leggi il seguente testo, osserva i dati e le notizie contenute nella scheda, quindi rispondi alle domande dell'esercizio che segue.

La Lombardia confina a nord con la Svizzera e ad ovest con il Piemonte, a sud con l'Emilia Romagna, ad est con il Veneto e con il Trentino-Alto Adige. Il paesaggio è molto vario: vi si trovano montagne (Alpi), pianure (Pianura Padana, attraversata dal fiume Po) e laghi (Lago di Garda, Lago di Como, Lago Maggiore).

Sulle montagne gli inverni sono freddi e nevosi, mentre le estati sono fresche; intorno ai laghi il clima è più mite, mentre in pianura il clima è continentale: freddo e nebbioso d'inverno, caldo d'estate.

La Lombardia è una delle regioni più ricche d'Italia: l'agricoltura e l'allevamento sono molto sviluppati in pianura; industrie di ogni tipo sono presenti soprattutto nell'area intorno a Milano, capoluogo della regione, dove si concentrano anche banche, società finanziarie e uffici commerciali. Il turismo è invece molto sviluppato nella zona dei laghi e sulle Alpi.

Superficie: 23.861 kmq
Abitanti: 9.475.202
Densità della popolazione: 397 ab/kmq

Conformazione del territorio
Montagna: 40,6%
Collina: 12,4%
Pianura: 47%

Occupazione
Settore primario: 3,2%
Settore secondario: 42,2%
Settore terziario: 54,6%
Disoccupazione: 3,8%

Caratteristiche fisiche
Monti: Alpi Retiche e Orobie
Cime: Bernina, Adamello, Disgrazia, Cevedale
Fiumi: Po, Ticino, Adda, Oglio, Mincio
Laghi: Maggiore, Lugano, Como, Iseo, Garda
Pianura: Padana

Agricoltura e allevamento
Cereali, foraggi. Bovini, suini.

Industria e commercio
Industria tessile, meccanica, siderurgica, chimica, petrolchimica, editoriale, manifatturiera, alimentare e del mobile. Attività finanziarie, turismo.

Province
Milano: 1.308.31 ab.
Bergamo: 117.887 ab.
Brescia: 192.165 ab.
Como: 83.016 ab.
Cremona: 71.533 ab.
Lecco: 46.477 ab.
Lodi: 42.702 ab.
Mantova: 48.103 ab.
Monza: 121.961 ab.
Pavia: 71.486 ab.
Sondrio: 21.790 ab.
Varese: 96.917 ab.

Bellagio, veduta del Lago di Como.

1 Indica con una ✓ se le seguenti affermazioni sono vere (V) o false (F).

		V	F
a	La Lombardia è una regione che si affaccia sul mare.	☐	☐
b	La Lombardia è attraversata da un solo fiume: il Po.	☐	☐
c	In Lombardia il clima è freddo d'inverno e caldo d'estate.	☐	☐
d	Nella Pianura Padana si coltivano cereali e foraggi.	☐	☐
e	La città più importante della regione è Milano.	☐	☐
f	Milano è famosa soprattutto come centro culturale.	☐	☐
g	Il turismo è sviluppato soprattutto sulle montagne e intorno ai laghi.	☐	☐

2 Quali sono le principali fonti di ricchezza della Lombardia?
Cinque sono nel riquadro: cercale e mettile in evidenza.

```
A  L  L  E  V  A  M  E  N  T  O
B  G  O  T  S  B  V  A  K  U  M
C  O  R  Z  P  P  E  L  I  R  V
E  M  T  I  S  D  D  N  O  I  S
D  R  S  A  C  K  I  P  R  S  P
U  M  C  O  C  O  S  A  V  M  A
S  M  A  E  V  I  L  A  L  O  L
T  E  I  N  D  U  S  T  R  I  A
O  A  T  T  A  V  R  O  U  G  G
V  U  U  Z  P  R  E  L  E  R  G
C  O  M  M  E  R  C  I  O  Z  A
```

Attività agricole
e industriali
in Lombardia.

20

Sant'Ambrogio tra i Dottori della chiesa, particolare,
(Fine del XIII secolo), Giotto. Basilica Superiore di San Francesco, Assisi.

Un po' di storia

La Lombardia fu abitata nell'antichità dai Galli [1] e poi occupata dai Romani. In passato la città di Milano (in latino *Mediolanum*) fu residenza degli imperatori romani. Fu anche un centro religioso importante al tempo di Sant'Ambrogio, che oggi è il protettore della città.

In seguito, la regione fu occupata dai Longobardi (da qui il nome di 'Lombardia') che stabilirono la capitale a Pavia, altro centro importante della regione.

---

1. **Galli** : nome dato dai Romani ai Celti.

Piazza della Scala (1852) Angelo Inganni. Museo Teatrale della Scala, Milano.

Fra il secolo XI e XII nelle città lombarde (dette allora 'Liberi Comuni') si svilupparono i commerci. Con l'affermazione di famiglie potenti come i Visconti, i Gonzaga e gli Sforza, le attività economiche e l'arte diventarono ancora più fiorenti.

Nel Seicento, impoverita e decaduta sotto la dominazione spagnola, la Lombardia ritrovò la prosperità solo nel secolo successivo, quando fu unita all'impero austriaco.

Nell'Ottocento partecipò attivamente al Risorgimento [1] e nel 1861 diventò parte dell'Italia unita.

---

1. **Risorgimento** : periodo storico compreso fra il 1847 e il 1870, caratterizzato, tra gli altri eventi, dalle lotte per ottenere l'indipendenza dall'Austria, che portarono all'unificazione dello Stato italiano.

1 Completa le seguenti frasi servendoti delle informazioni contenute nel brano precedente.

a Prima dell'arrivo dei Romani, in Lombardia .... i Galli.

b All'epoca della dominazione romana, Milano divenne .... dell'imperatore.

c Il protettore di Milano è ....

d Dopo i Romani, arrivarono ...., che scelsero come loro capitale ....

e Il nome 'Lombardia' deriva da ....

f I Visconti, i Gonzaga e gli Sforza erano ....

g Sotto gli Spagnoli (nel Seicento), la Lombardia ....

h Nel Settecento la Lombardia diventò parte dell'...................................., ma nel 1861 ottenne l'indipendenza e si unì al nuovo Stato ....

2 Completa questa tabella coniugando i verbi al passato remoto (si trovano tutti nel testo che hai letto sulla storia della Lombardia).

INFINITO	PASSATO REMOTO	
	lui / lei	**loro**
fissare	fissò	fissarono
essere	....	....
svilupparsi	....	....
affermarsi	....	....
fiorire	....	....
ritrovare	....	....
partecipare	....	....
diventare	....	....

La moda nel Seicento

Le vicende storiche che si svolsero tra '500 e '600, soprattutto le guerre tra Francia e Spagna, ebbero riflessi negativi sull'Italia, che passò rapidamente dall'indipendenza al dominio straniero.

Il primato nella moda e nella produzione di beni di lusso sfuggì all'Italia e passò ad altre nazioni allora in ascesa: la Spagna, l'Inghilterra e specialmente la Francia.

L'abbigliamento maschile era più sfarzoso [1] e vistoso di quello femminile. Brache [2] larghe fermate al ginocchio con fiocchi, giubba lunga attillata alla vita ed allargata sui fianchi, polsi arricciati di merletto che escono dalle maniche, mantello rotondo corto, stivaloni,

Lucia e la Monaca di Monza (fine del XIX secolo), Mosé Bianchi. Pinacoteca Civica, Brescia.

1. **sfarzoso** : ricco, lussuoso.
2. **brache** : pantaloni larghi che arrivano alle ginocchia.

Sera sulla Piazza
(XVIII secolo), Giacomo
Ceruti. Museo Civico,
Torino.

guantoni ed un ampio feltro [1] piumato.

Le donne portavano abiti interi e rigidi, con il collo chiuso dalla
caratteristica 'gorgiera' di lino o incorniciato da alti colletti di trina [2] ;
indossavano berretti di velluto con piume; amavano forme bizzarre
per i fronzoli e i gioielli e si truccavano pesantemente con biacca [3].

Il costume dei popolani, pur semplice, non era privo di gioie e sete,
come si addiceva a contadini-setaioli che avevano raggiunto un certo
benessere con il lavoro nei campi e nelle filande dell'industria locale,
ancora fiorente.

1 Osserva con attenzione i dipinti, descrivi gli abiti delle persone
raffigurate e fai un confronto. Quali elementi ti colpiscono in modo
particolare?

1. **feltro** : (qui) cappello.
2. **trina** : merletto o pizzo.
3. **biacca** : sostanza colorante bianca, pastosa, usata per preparare i
   cosmetici.

CAPITOLO 2

Il matrimonio a sorpresa

Fra' Cristoforo è un uomo più vicino ai sessant'anni che ai cinquanta. Una lunga barba bianca gli copre le guance e il mento. Gli occhi vivaci e profondi risaltano in quel volto [1] magro e volitivo. [2] Il suo passato nasconde un segreto, ma oggi chi lo conosce lo considera un esempio di generosità cristiana.

Da Pescarenico, un paese sulla riva del fiume Adda, [3] dove si trova il suo convento, raggiunge la casetta di Agnese, che l'ha mandato a chiamare.

"Spiegatemi tutto!" dice, entrando nella povera casa.

E mentre Agnese racconta al frate tutta la storia, Lucia piange in silenzio, poi esclama: "Non ci abbandonerete, vero, Padre?"

"E come potrei?" risponde Fra' Cristoforo. "Anzi," aggiunge

---

1. **volto** : viso.
2. **volitivo** : energico, che esprime un carattere forte.
3. **Adda** : Il fiume Adda segnava allora il confine fra lo Stato di Milano e quello di Venezia.

"andrò oggi stesso a parlare a quell'uomo!"

Il palazzotto di Don Rodrigo sorge [1] isolato e per questo fa ancora più paura, ma Fra' Cristoforo è pieno di coraggio e deciso ad aiutare i suoi poveri.

Un servo lo introduce nel salotto davanti al padrone che sta pranzando con i suoi amici, fra cui il cugino, il Conte Attilio. Don Rodrigo gli offre da bere e Fra' Cristoforo accetta per non irritarlo. [2]

A tavola gli ospiti mangiano, ridono, gridano. Solo Don Rodrigo osserva il frate, che pazientemente aspetta e non ha nessuna intenzione di andarsene prima di essere ascoltato. Dopo un po' Don Rodrigo si alza da tavola e conduce il frate in un'altra stanza.

1. **sorgere** : (qui) innalzarsi.
2. **irritare** : provocare l'ira di qualcuno.

"In che cosa posso servirVi?" chiede il signorotto.

Fra' Cristoforo, con rispettosa umiltà, [1] comincia a dire: "Vengo a proporVi un atto di giustizia, a parlare alla Vostra coscienza."

"Parlerete alla mia coscienza quando verrò a confessarmi da Voi e, quando voglio sentire una predica, [2] so andare in chiesa!" ribatte [3] Don Rodrigo. Mentre sta per andarsene irritato, il frate gli si mette davanti e lo implora [4] di non tormentare più Lucia, la sua protetta.

A queste parole Don Rodrigo scoppia a ridere e aggiunge: "Ebbene, consigliatele di venire a mettersi sotto la mia protezione: non le mancherà più nulla e nessuno oserà farle del

male!"

"La Vostra protezione?" esclama il frate indignato; quindi, alzando un braccio, pronuncia la sua maledizione: [5]

"Sentite bene quello che io Vi prometto: verrà un giorno..."

Ma Don Rodrigo afferra quella mano minacciosa e dice al frate: "Uscite subito di qui!"

Fra' Cristoforo abbassa il capo ed esce da quella casa.

1. **umiltà** : modestia, semplicità.
2. **predica** : discorso del prete ai fedeli; discorso lungo e noioso per spingere qualcuno a fare il bene.
3. **ribattere** : rispondere.
4. **implorare** : pregare, chiedere con insistenza.
5. **maledizione** : parole o atti che augurano il male a qualcuno.

Deluso e mortificato va verso la casetta di Lucia e Agnese.

Intanto ad Agnese è venuto in mente un altro piano: organizzare un matrimonio a sorpresa. Bisogna trovare due testimoni [1] e andare da Don Abbondio. Lì, davanti ai testimoni e al curato, Renzo dirà: "Questa è mia moglie." Lucia dirà: "Questo è mio marito." E il matrimonio sarà fatto.

"Ma questo è un imbroglio" [2] dice Lucia.

"Lasciati guidare da chi ne sa più di te" le risponde la madre; quindi aggiunge: "E poi Dio dice: aiutati che io t'aiuto."

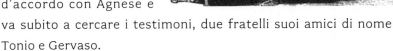

Renzo naturalmente è d'accordo con Agnese e va subito a cercare i testimoni, due fratelli suoi amici di nome Tonio e Gervaso.

Ma che scusa può trovare per far aprire la porta a Don Abbondio? Renzo pensa di mandare Tonio a restituire [3] dei soldi che deve al curato.

"Va bene," dice Agnese "va bene, ma... non avete pensato a tutto."

"Cosa ci manca?" chiede Renzo.

"E Perpetua? Non avete pensato a Perpetua. Tonio e suo

---

1. **testimone** : (qui) persona che assiste alla firma di un atto pubblico e ne garantisce la validità.
2. **imbroglio** : inganno, azione poco onesta.
3. **restituire** : dare indietro, ridare.

fratello li lascerà entrare, ma voi! Voi due! Darà certo ordine di tenervi lontani!"

"Come faremo?" si domanda Renzo.

E Agnese: "Ecco: ci ho pensato io. Verrò con voi e mi metterò a parlare con Perpetua, mentre voi entrerete di nascosto. So io qual è un argomento che le interessa..."

Ma Lucia non si convince, perché pensa che quel piano sia un'offesa a Dio. Nel frattempo, arriva Fra' Cristoforo, triste come un buon capitano che ha perduto, senza colpa, una battaglia importante.

"La pace sia con voi!"[1] dice il frate entrando e i tre, nel vederlo, capiscono tutto: le donne abbassano il capo, ma Renzo pieno d'ira grida, rivolto a Lucia: "Ebbene, io non ti avrò, ma non ti avrà neanche lui!"

Nonostante i dubbi e le incertezze, a questo punto Lucia acconsente[2] al matrimonio a sorpresa.

Dopo quella giornata piena di agitazione, la notte porta ai tre un buon riposo, ma al mattino seguente, di buon'ora, sono tutti al lavoro per preparare la grande operazione.

Intanto Don Rodrigo, ancora turbato per le parole del frate, scommette[3] con il cugino Attilio che sarà capace di rapire[4] Lucia e ordina al Griso, capo dei 'bravi', di prendere tutti gli uomini che gli servono, in modo che la cosa riesca.

È sera. Renzo con i suoi testimoni, Tonio e Gervaso, si reca

---

1. **"La pace sia con voi!"** : formula di saluto tipica dei religiosi.
2. **acconsentire** : dare la propria approvazione.
3. **scommettere** : fare un patto promettendo di pagare in caso di vittoria dell'altro.
4. **rapire** : portare via senza il suo consenso e di nascosto agli altri.

all'osteria del paese per offrire loro la cena. Poi, nel silenzio della notte, i due promessi sposi si dirigono verso la casa di Don Abbondio, con Agnese e i due testimoni.

"Chi è a quest'ora?" grida una voce dalla finestra.

"Sono io," risponde Tonio "con mio fratello. Abbiamo bisogno di parlare al signor curato."

"E vi sembra questa l'ora?" dice Perpetua bruscamente "Tornate domani."

"Ho riscosso dei soldi [1] e venivo a saldare [2] il mio debito."

"Aspettate, aspettate! Chiedo a Don Abbondio e torno a darvi la risposta."

Don Abbondio sta leggendo. Anche lui si meraviglia dell'ora della visita, ma quando sente che Tonio vuole restituirgli i suoi soldi pensa: "Meglio prenderli subito" e fa entrare i due fratelli.

---

1. **riscuotere dei soldi** : ricevere, incassare del denaro.
2. **saldare** : pagare.

I Promessi Sposi

In quel momento Agnese saluta Perpetua sulla porta e si ferma a parlare con lei.

"Vengo ora dal paese qui vicino, dove una donna mi ha detto che non ti sei sposata perché i tuoi fidanzati non ti hanno voluta. Io invece le ho detto che era il contrario..."

Questo argomento spinge Perpetua a raccontare ad Agnese tutto il suo passato. Lo scopo [1] di tenere lontana Perpetua da Don Abbondio è così raggiunto!

Mentre le due donne parlano animatamente, Tonio bussa alla porta di Don Abbondio.

"*Deo gratias*" [2] dice con voce chiara.

"Tonio, entra!" ribatte il curato da dentro.

Tonio apre la porta quel tanto che basta per poter passare insieme al fratello, mentre Renzo e Lucia restano immobili al buio fuori della porta. C'è il più completo silenzio: il rumore più forte è il martellare [3] del povero cuore di Lucia.

Mentre Don Abbondio registra di aver ricevuto il denaro, Tonio e Gervaso si mettono davanti al tavolo per impedire al curato di vedere la porta. Poi fanno un leggero rumore con le scarpe per avvertire Renzo e Lucia che, piano piano, entrano

1. **scopo** : obiettivo.
2. *Deo gratias* : antica forma di saluto in latino ("sia ringraziato Dio").
3. **martellare** : battere con un martello (o come un martello).

nella stanza nascondendosi dietro i due fratelli. Quando Don Abbondio alza gli occhi, vede che i due fratelli si scostano,[1] come un sipario[2] che si apre, e dietro a loro appaiono... i due promessi sposi!

Don Abbondio è confuso e stupito.[3] Renzo dice: "Signor curato, in presenza di questi testimoni, questa è mia moglie."

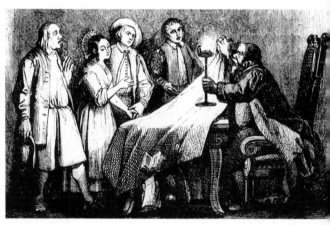

Il curato allora con una mano prende la lampada, con l'altra la tovaglia, mentre Lucia non riesce a completare la frase e dice solo: "Questo è mio..." Don Abbondio infatti le butta la tovaglia addosso e comincia a gridare: "Perpetua! Perpetua! Tradimento! Aiuto!"

I quattro scappano, mentre Don Abbondio ordina al campanaro di suonare le campane.

A quei rintocchi[4] la gente del paese si sveglia e i più coraggiosi scendono a prendere le forche:[5] tutti pensano che ci sia un pericolo.

1. **scostarsi** : separarsi, allontanarsi l'uno dall'altro.
2. **sipario** : la tenda che in teatro si alza sul palcoscenico per mostrare al pubblico lo spettacolo.
3. **stupito** : sorpreso, meravigliato.
4. **rintocco** : suono delle campane.
5. **forca** : bastone con due punte di metallo usato in campagna.

I Promessi Sposi

Intanto i 'bravi' vanno a casa di Lucia per rapirla, ma non trovano nessuno. Immaginano che qualcuno abbia fatto la spia [1] e, quando sentono le campane, fuggono impauriti.

Le donne e Renzo, in tutta quella confusione, vanno da Fra' Cristoforo, che ha preparato per loro la fuga.

"Vedete bene che ora questo paese non è sicuro per voi" dice Fra' Cristoforo "È il vostro, ci siete nati, non avete fatto male a nessuno, ma Dio vuole così. Via, non c'è tempo da perdere. Andate, il cuore mi dice che ci rivedremo presto."

Sulla riva, una barca aspetta Renzo, Lucia e Agnese: non tira un alito [2] di vento, il lago giace liscio e piano e sembrerebbe immobile, se non fosse per l'ondeggiare leggero della luna che vi si specchia. I passeggeri salgono silenziosi e il barcaiolo comincia a remare. A poco a poco il loro paese si allontana: si vedono le case, il palazzotto di Don Rodrigo, e Lucia rabbrividisce. [3] Poi posa sul braccio la fronte, come per dormire, e piange segretamente: "Addio, monti sorgenti [4] dalle acque ed elevati al cielo, e ville bianche sparse sui pendii, [5] come branchi di pecore al pascolo, addio!"

Questi sono i pensieri di Lucia, non diversi da quelli degli altri due viaggiatori, mentre la barca si avvicina alla riva destra dell'Adda.

---

1. **fare la spia** : riferire un segreto in cambio di denaro o per provocare danno ad altri.
2. **alito** : (qui) soffio.
3. **rabbrividire** : sentire brividi (di freddo, paura, orrore).
4. **sorgenti** : che sorgono, che si alzano.
5. **pendio** : discesa delle colline o dei monti.

Comprensione

1 **Leggi le seguenti frasi e rimettile in ordine cronologico in modo da costruire un breve riassunto del capitolo 2.**

a ☐ Fra' Cristoforo rimprovera Don Rodrigo e lo esorta a non tormentare più Lucia.

b ☐ Sentendo le campane, i 'bravi' fuggono dalla casa di Lucia.

c ☐ Don Rodrigo ordina al capo dei suoi 'bravi' di rapire Lucia.

d ☐ Fra' Cristoforo va a trovare Agnese e Lucia che lo hanno mandato a chiamare.

e ☐ Una notte Renzo, Lucia, Agnese e i testimoni vanno a casa di Don Abbondio.

f ☐ Don Abbondio è colto di sorpresa, ma reagisce mandando a monte il progetto.

g ☐ Agnese ha l'idea di organizzare in segreto il matrimonio fra Lucia e Renzo.

h ☐ Don Abbondio fa suonare le campane.

i ☐ Fra' Cristoforo va a parlare a Don Rodrigo nel suo palazzotto.

2 **Associa in modo da ottenere delle frasi complete.**

1	Don Rodrigo non accetta	a	di fuggire.
2	Agnese propone	b	la visita di Tonio.
3	Don Rodrigo ordina	c	il rapimento di Lucia.
4	Don Abbondio riceve	d	un matrimonio a sorpresa.
5	Renzo e Lucia decidono	e	la richiesta di Fra' Cristoforo.

1 ☐ 2 ☐ 3 ☐ 4 ☐ 5 ☐

3 Scegli l'affermazione esatta per dire in che cosa consiste il 'matrimonio a sorpresa'.

a ☐ Renzo e Lucia pagheranno Don Abbondio perché celebri le loro nozze.

b ☐ Tonio dirà al prete che gli restituirà il suo denaro solo se celebrerà le nozze di Renzo e Lucia.

c ☐ Renzo e Lucia pronunceranno la formula di matrimonio davanti ad un prete e due testimoni, diventando automaticamente marito e moglie.

d ☐ Renzo e Lucia, con l'aiuto di Tonio e Gervaso, entreranno di nascosto in casa del curato per minacciarlo di rubargli tutti i soldi, se non li unirà in matrimonio.

4 Ascolta attentamente e trascrivi le parole mancanti.

È sera. Renzo con i suoi ...., Tonio e Gervaso, si reca .... del paese per offrire loro la .... Poi, nel silenzio della notte, i due .... sposi si dirigono verso la casa di ...., con .... e i due testimoni.
"Chi è a quest'ora?" .... una voce dalla finestra.
"Sono io," .... Tonio "con mio fratello. Abbiamo bisogno di parlare al signor ...."

Grammatica

1 Completa le seguenti frasi che si riferiscono a Fra' Cristoforo utilizzando le preposizioni 'in', 'da', 'a' e aggiungi gli articoli quando è necessario.

Fra' Cristoforo va:

a .... Agnese.

b .... campagna.

c .... convento.

d .... salotto.

e .... casetta di Agnese.

f .... Don Rodrigo.

g .... una stanza con Don Rodrigo.

h .... palazzotto di Don Rodrigo.

Produzione orale

1 Don Rodrigo rappresenta il prepotente che, per ottenere quello che vuole, non esita a usare la violenza. Esistono oggi, secondo te, delle categorie di persone che si comportano come lui? Chi sono? Con quali mezzi è possibile ostacolarli?

Produzione scritta

1 Alla fine del suo colloquio con Don Rodrigo, Fra' Cristoforo lascia a metà la sua maledizione. Concludi tu la frase.

Verrà un giorno ....
....

2 Completa il seguente dialogo fra Agnese e Perpetua.

Agnese: "Perpetua, sai che cosa mi hanno detto? Che non ti sei sposata perché i tuoi fidanzati non ti hanno voluta..."

Perpetua: ....
....

Agnese: "L'avevo detto io! Una bella donna come te! Chissà da giovane quanti uomini ti facevano la corte, vero?"

Perpetua: ....
....

Agnese: "E allora, perché non ti sei mai sposata?"

Perpetua: ....
....

Il segreto
di Fra' Cristoforo

Padre Cristoforo (1840), Francesco Gonin.

Fra' Cristoforo alla nascita si chiamava Lodovico: era figlio di un ricco mercante [1] ed era stato educato come un nobile. Era un giovane dal carattere forte e non sopportava i soprusi. [2]

Un giorno andava per strada, seguito da due suoi 'bravi' e da un giovane servo di nome Cristoforo, quando incontrò un nobile con quattro 'bravi'. Tutti e due camminavano lungo il muro e, quando si trovarono uno di fronte all'altro, nessuno voleva lasciare passare l'altro per primo: questo a quell'epoca era considerato un terribile insulto.

"Fatemi spazio" disse il nobile.

"Fatemi spazio voi" rispose Lodovico.

1. **mercante** : nei secoli passati, persona che fa affari comprando e vendendo prodotti.
2. **sopruso** : ingiustizia, prepotenza, offesa.

Convento dei Frati Cappuccini e Chiesa di San Isidoro.

I due cominciarono ad offendersi e poi passarono alle armi. Anche i servi si lanciarono a difendere i loro padroni, ma la lotta era impari: [1] Cristoforo fu ucciso, mentre Lodovico fu costretto a difendersi in un terribile duello che si concluse con la morte dell'avversario.

Il fatto accadde vicino ad un convento di frati cappuccini, [2] che di solito offrivano asilo [3] alle persone che volevano sfuggire alla giustizia. Lodovico, ferito, fu portato nel convento da alcuni passanti che avevano assistito alla scena e i frati lo accolsero. "È un brav'uomo che ha ucciso un criminale," sostenevano tutti "lo ha fatto per difendersi!"

1. **impari** : non equilibrata, non ad armi pari.
2. **frate cappuccino** : frate che fa parte dell'ordine dei Minori Francescani.
3. **asilo** : ospitalità.

Lodovico, infatti, non aveva mai ucciso nessuno prima di allora: il sacrificio del servo e la morte, per sua mano, del nobile avevano provocato in lui un dolore nuovo e indicibile. [1] Di conseguenza, decise di lasciare tutti i suoi averi [2] alla moglie e ai figli di Cristoforo e di farsi frate, prendendo il nome del servo morto.

Poi volle andare a chiedere perdono al fratello dell'uomo che aveva ucciso: con gli occhi bassi, avvolto nel suo saio, [3] passò la porta di casa del gentiluomo seguito dagli sguardi della folla di signori riuniti per l'occasione. Il padrone di casa lo aspettava e Lodovico (che ormai era diventato Fra' Cristoforo) si inginocchiò ai suoi piedi, chinò la testa rasata [4] e disse: "Io sono l'assassino di Vostro fratello. Sa Dio se vorrei restituirVelo, ma non potendo fare altro che porgerVi le mie scuse, Vi supplico di accettarle per l'amor di Dio."

A queste parole si alzò un mormorio [5] di pietà e di commozione.

I familiari dell'ucciso provarono per la prima volta la gioia del perdono e della benevolenza.

1. **indicibile** : che non si può descrivere.
2. **avere** : bene, ricchezza, possedimento.
3. **saio** : abito da frate.
4. **testa rasata** : con i capelli tagliati cortissimi.
5. **mormorio** : rumore di voci basse.

1 Indica con una ✓ le affermazioni esatte.

1 Fra' Cristoforo era figlio
   a ☐ di un ricco mercante che si chiamava Lodovico.
   b ☐ di un ricco mercante e si chiamava Lodovico.
   c ☐ del servo di un ricco mercante e si chiamava Lodovico.

2 Lodovico un giorno fece un duello con un giovane nobile perché
   a ☐ l'altro lo aveva insultato.
   b ☐ Lodovico era solo ricco e l'altro era nobile.
   c ☐ nessuno dei due aveva voluto cedere il passo all'altro per strada.

3 Nel duello muore
   a ☐ il servo di Lodovico.
   b ☐ il nobile.
   c ☐ il nobile, ma anche il servo di Lodovico.

4 Lodovico, ferito, si rifugia
   a ☐ a casa.
   b ☐ in un convento.
   c ☐ a casa del nobile.

5 Lodovico, pentito, decide di
   a ☐ sposare la vedova del suo servo.
   b ☐ partire come soldato.
   c ☐ diventare frate.

6 Lodovico incontra i familiari del nobile per
   a ☐ chiedere loro perdono.
   b ☐ vendicarsi.
   c ☐ salutarli.

2 Completa il testo coniugando i verbi fra parentesi all'imperfetto o al passato remoto.

a Il nome di Fra' Cristoforo alla nascita (essere) .... Lodovico: figlio di un mercante, (avere) .... una forte personalità e un carattere che non (tollerare) .... le offese.

b Un giorno Lodovico, mentre (camminare) .... per strada, (vedere) .... un nobile con il suo seguito di 'bravi'.

c Poiché il nobile non (volere) .... cedergli il passo e neppure Lodovico (volere) .... cederlo a lui, i due (sfidarsi) .... a duello.

d Nella lotta (morire) .... il nobile e il servo di Lodovico, Cristoforo.

e Pentito e disperato, Lodovico (farsi) .... frate e (chiedere) .... solennemente perdono ai familiari dell'avversario ucciso.

f I familiari dell'uomo ucciso (provare) .... per la prima volta la gioia del perdono e della benevolenza.

3 Oggi come si giudicherebbe la causa del duello in cui Lodovico uccide l'avversario? Scegli uno fra questi aggettivi e fai altri esempi riferiti al giorno di oggi.

grave   importante   futile   seria   banale   utile

4 In quali altri modi Lodovico avrebbe potuto riparare alla sua offesa?

I duelli

Il duello era un combattimento fra due avversari che si sfidavano per risolvere con le armi una questione d'onore: se qualcuno riceveva un insulto, infatti, poteva sfidare a duello colui che lo aveva offeso.

Nel Seicento si usava generalmente la spada, mentre alla fine del Settecento si cominciano a fare anche duelli con la pistola.

Oggi i duelli non esistono più, ma la tradizione di tanti secoli di combattimenti sopravvive grazie ad uno sport: la scherma.

La scherma

Esistono diversi tipi di armi usate nei combattimenti di scherma: la spada, il fioretto, la sciabola.

Durante l'incontro, i due avversari indossano una divisa bianca, hanno la mano protetta da un guanto e il viso coperto da una speciale maschera.

Nel combattimento di scherma vince lo schermitore che per primo tocca cinque volte l'avversario con la punta dell'arma.

CAPITOLO 3

Al monastero
della monaca di Monza

**I nostri viaggiatori arrivano a Monza di prima mattina: Renzo si
incammina ¹ da solo verso Milano; Lucia e Agnese salgono,
invece, su un carro per raggiungere un frate, amico di Fra'
Cristoforo, a cui chiedere aiuto.**

Il frate, appena letto il biglietto di Fra' Cristoforo, resta un po'
a pensare. Poi esclama: "Donne mie, io tenterò e spero di
trovarvi un rifugio più che sicuro... se la signora vuole prendersi
questo impegno... ² Volete venire con me?"

Le due donne fanno rispettosamente cenno di sì e il frate
riprende: "Bene, vi condurrò subito al monastero ³ della signora."

Appena arrivati, entrano nel primo cortile e da lì nel

---

1. **incamminarsi** : dirigersi a piedi.
2. **impegno** : incarico, responsabilità.
3. **monastero** : edificio in cui abitano monache o monaci, convento.

parlatorio. [1] Lucia, che non ha mai visto un monastero, rimane incantata ad osservare, in attesa di fare il suo inchino [2] alla signora. Ad un certo punto, Agnese e il frate si muovono verso un angolo della stanza: lì, dietro ad una finestra con delle grosse e fitte sbarre di ferro, c'è una monaca. Può avere venticinque anni, è ancora bella, ma ha uno sguardo cupo [3] ed inquieto.

Le due donne le fanno grandi inchini, ma la monaca le interrompe dicendo:

1. **parlatorio** : sala di un monastero o di un carcere, destinata ai colloqui con i visitatori esterni.
2. **inchino** : antico cenno di rispetto o di saluto, fatto chinando la testa e piegando il busto.
3. **cupo** : senza gioia, triste.

I Promessi Sposi

"È una fortuna per me fare un piacere ai frati cappuccini. Ma vorrei conoscere meglio il caso di questa giovane per aiutarla."
Lucia diventa rossa e abbassa la testa.

"Deve sapere, madre," comincia a raccontare il frate "che questa giovane ha dovuto lasciare il suo paese per sottrarsi a gravi pericoli: un nobile prepotente la perseguitava...[1]"

"Quello che ha detto il frate è la pura verità," aggiunge Lucia "vorrei morire, piuttosto che cadere nelle mani di quel signore!"

"Vi credo," riprende la monaca "e anzi, ho già pensato ad una soluzione: resterete qui e nessuno potrà farvi del male."

I 'bravi', intanto, come un branco[2] di cani che hanno inseguito invano[3] una lepre,[4] tornano mortificati da Don Rodrigo e il loro capo, il Griso, gli riferisce quello che è successo.

"Tu non hai colpa," commenta il padrone "hai fatto quello che potevi, ma ora devi scoprire dove sono scappati quei tre."

Il Griso obbedisce e il giorno dopo torna a riferire che Lucia e sua madre si sono rifugiate in un monastero di Monza e che Renzo è andato a Milano.

Ricevute queste notizie, Don Rodrigo è ben felice della

1. **perseguitare** : tormentare, infastidire.
2. **branco** : gruppo.
3. **invano** : inutilmente, senza successo.
4. **lepre** : animale selvatico simile al coniglio.

separazione della coppia e subito spedisce il Griso a Monza per saperne di più.

Intanto Renzo va a piedi da Monza a Milano in uno stato d'animo combattuto tra la rabbia e il desiderio di vendetta.

Ma quando lungo la strada vede un tabernacolo, [1] si toglie il cappello e si ferma un momento a pregare.

Si dirige poi verso il convento dei cappuccini in cerca di Padre Bonaventura e, seguendo la strada che gli è stata indicata, arriva infine alla Porta Orientale della città.

Andando avanti, Renzo nota per terra qualcosa di strano: sono strisce bianche e soffici, sembra neve... ma è farina!

Fatto qualche passo, alla base di una colonna, vede... dei pani!

"... E ci dicevano che a Milano c'era la carestia!" [2] pensa. Poi raccoglie un pane tondo, bianco, soffice ed esclama: "Altro che carestia! Qui siamo nel Paese della Cuccagna!" [3] Ne prende un altro e comincia a mangiarlo, mentre vede arrivare un uomo, una donna e un ragazzo carichi di sacchi di farina e di ceste di pane. I tre corrono e gridano, agitati e impauriti. "Cosa sta succedendo?" si chiede Renzo "È forse una città in rivolta?"

---

1. **tabernacolo** : piccola cappella aperta, posta lungo la strada e contenente immagini di santi.
2. **carestia** : mancanza di cibo che colpisce tutta la popolazione.
3. **il Paese della Cuccagna** : luogo immaginario pieno di delizie di ogni genere.

Comprensione

CELI 4

1 **Rispondi alle seguenti domande.** (*massimo 20 parole*)

a Perché Renzo, Lucia e Agnese una notte scappano dal loro paese?

....

....

b A Monza si separano: dove va Renzo?

....

....

c Chi è il frate che accoglie Agnese e Lucia?

....

....

d Chi incontrano le due donne al monastero?

....

....

e Il capo dei 'bravi' di Don Rodrigo non è riuscito ad eseguire l'ordine del suo padrone: qual era quest'ordine?

....

....

f Qual è lo stato d'animo di Renzo mentre si dirige verso Milano?

....

....

g Cosa c'è di strano a Milano?

....

....

2 Nel capitolo 3 i 'bravi' che inseguono Lucia sono paragonati ad un branco di cani a caccia della lepre. Conosci altre parole per indicare altri gruppi di animali? Abbina le immagini alle parole corrispondenti.

1 ☐ sciame
2 ☐ mandria
3 ☐ branco
4 ☐ stormo
5 ☐ gregge

A

B

C

D

E

3 Leggi le seguenti frasi e rimettile in ordine cronologico in modo da costruire un breve riassunto del capitolo 3.

a ☐ Don Rodrigo manda il Griso a Monza per scoprire dove sono nascosti Renzo e Lucia.

b ☐ Lucia e Agnese, accompagnate da un frate, fanno la conoscenza della monaca di Monza, che le prende sotto la sua protezione.

c ☐ Lucia e Agnese raggiungono con un carro un monastero di Monza, mentre Renzo si dirige a piedi verso Milano.

d ☐ Renzo arriva a Milano e vede della gente che sta correndo con dei sacchi di pane in spalla.

e ☐ Renzo, Lucia e Agnese arrivano a Monza.

Grammatica

1 Scrivi delle frasi usando le parole fra parentesi e il verbo al tempo presente, come nell'esempio.

a (Renzo/dirigersi/Milano)
   Renzo si dirige verso Milano.

b (Agnese e Lucia/rifugiarsi/monastero)
   ....

c (Noi/fermarsi/tabernacolo/pregare)
   ....

d (Voi/togliersi/cappello/strada)
   ....

e (Loro/incamminarsi/Monza)
   ....

f (Tu/sottrarsi/pericolo/fuggendo)
   ....

g (Io/prendersi/impegno/aiutare/ragazza)
   ....

h (Egli/essere/felice/separazione/coppia)
   ....

Produzione orale

1 Lucia per sfuggire a Don Rodrigo si rifugia in monastero. Che cosa avrebbe potuto fare, invece, al giorno d'oggi?

2 E tu, se ti fossi trovato/a in questa situazione, dove ti saresti rifugiato/a? Confronta la tua risposta con quella dei compagni.

Produzione scritta

1 Ora scrivi una breve storia d'amore contrastato ambientata ai giorni nostri. Ecco alcune idee da sviluppare.

I FIDANZATI
- Chi sono?
- Dove vivono?
- Che lavoro fanno?

GLI AMICI
- Chi sono?
- Cosa fanno per aiutare i due fidanzati?

IL NEMICO
- Chi è?
- Dove vive?
- Che lavoro fa?
- Perché vuole impedire il matrimonio?

L'OSTACOLO
- Che sistema usa l'avversario per impedire il matrimonio?

LA REAZIONE
- Cosa fanno i due fidanzati per opporsi all'avversario?

L'EPILOGO
- Come si risolve la faccenda?
- I protagonisti si sposano? Non si sposano?

La storia
della monaca di Monza

La Signora di Monza (1847), Giuseppe Molteni.

"Bene, vi condurrò subito al monastero della signora" dice il frate cappuccino a Lucia e Agnese. Ma chi era la signora? Era una monaca, ma non come le altre.

Aspetto fisico

Età: circa 25 anni

Occhi: nerissimi

Lineamenti: [1] delicati

Carnagione: molto pallida

Sopracciglia: nere e folte

Bocca: rosea

Atteggiamenti

Fronte: si raggrinza [2] spesso come per una contrazione dolorosa

Sopracciglia: si ravvicinano spesso con movimenti rapidi e improvvisi

Occhi: spesso fissano a lungo le persone in viso, poi improvvisamente guardano in basso

Carattere

Di solito una suora è:		invece lei è:	
umile	obbediente	arrogante	confusa
semplice	docile	misteriosa	sospettosa
serena	limpida	imperiosa	diffidente
fiduciosa	sincera	superba	cupa
luminosa	onesta	complicata	bugiarda
modesta	rispettosa	tormentata	disonesta
sottomessa	composta	triste	scomposta

---

1. **lineamento** : tratto del viso, fisionomia.
2. **raggrinzarsi** : fare dei movimenti che formano delle grinze, delle rughe.

Per capire meglio la personalità della monaca di Monza, racconteremo ora la sua storia.

Gertrude bambina

Era l'ultima figlia di un principe milanese che, per lasciare le sue ricchezze al primogenito, [1] aveva destinato al convento tutti i figli cadetti, [2] sia maschi che femmine.

Fin da bambina Gertrude (questo infatti era il suo vero nome) aveva avuto bambole vestite da suora. Tutti le dicevano che era bella e brava come una piccola suora e suo padre, quando vedeva che rideva e scherzava troppo liberamente, la rimproverava: "Ehi! ehi! Non è così che si comporta una come te!"

Nessuno le aveva mai detto direttamente che doveva diventare monaca, ma tutta la famiglia la vedeva già destinata [3] alla Chiesa.

E a sei anni, per ricevere un'educazione adatta alla sua classe sociale, entrò in convento.

Gertrude adolescente

Ma Gertrude era una ragazzina esuberante [4] e felice, soprattutto d'estate, quando tornava nel palazzo di famiglia. Proprio durante una di queste vacanze si innamorò di un paggio [5] e fu uno scandalo!

Il padre scoprì un suo biglietto d'amore e le fece una scenata [6] terribile. La giovane, per quella che non era una colpa, visse quei

---

1. **primogenito** : primo figlio.
2. **cadetto** : figlio non primogenito.
3. **destinata** : indirizzata, assegnata.
4. **esuberante** : vivace, estroversa, espansiva.
5. **paggio** : giovane servitore dell'epoca.
6. **scenata** : lite, accesa discussione.

Studio di Monache e Novizie (XIX secolo), scuola tedesca.
Musee Joseph Dechelette, Roanne, Francia.

giorni con vergogna, [1] con rimorso [2] e con il terrore dell'avvenire. Alla fine, tuttavia, decise di chiedere perdono al padre che, stranamente benevolo, le disse: "Bene, vedo che ti sei pentita e che hai deciso di farti suora per sempre."

Gertrude entra in monastero

Ormai in famiglia tutti la chiamavano 'la sposina', cioè 'sposa di Dio' (così erano dette le giovani destinate a diventare monache). Gertrude era triste e indispettita [3] e allo stesso tempo confusa per tutti quei complimenti. [4]

Venne il giorno in cui doveva rientrare al monastero e, arrivando a

1. **vergogna** : profondo dispiacere per una propria azione sbagliata.
2. **rimorso** : dispiacere per il male fatto, pentimento.
3. **indispettita** : irritata.
4. **complimento** : parola gentile, di apprezzamento.

Monza, si sentì stringere il cuore: infatti doveva incontrare, alla presenza di suo padre, la Madre Badessa [1] e comunicarle il suo desiderio di farsi monaca. Il momento era arrivato; all'inizio Gertrude seppe balbettare solo due parole: "Sono qui..." poi, visti gli occhi minacciosi del padre, completò la frase: "... sono qui a chiedere di essere ammessa a vestire l'abito religioso."

Il giorno successivo doveva ripetere la stessa richiesta anche ad un altro sacerdote, ma fin dal mattino cercò nella mente un modo per tornare indietro. Quando il prete le chiese se sentiva veramente il desiderio di farsi monaca, la poveretta stava per dare la vera risposta, ma la paura del padre la spinse a dire: "Ho deciso di diventare monaca liberamente."

"Davvero?" chiese di nuovo il buon prete. E di nuovo la ragazza rispose: "Ho sempre avuto questo desiderio, per servire Dio e... per fuggire dai pericoli del mondo." Così ingannò [2] il sacerdote e ingannò se stessa, diventando monaca per sempre.

In convento diventò maestra delle educande: [3] le piaceva comandare. Questo per lei era fonte di orgoglio, ma non bastava a farle accettare la sua situazione.

Gertrude incontra l'amore

Tra gli altri privilegi, Gertrude aveva quello di non vivere insieme alle altre suore del convento, ma in un luogo a parte. Quel lato del monastero si affacciava su una casa abitata da un giovane senza scrupoli [4] di nome Egidio.

---

1. **Madre Badessa** : suora a capo di un convento.
2. **ingannare** : (qui) far credere una cosa per un'altra.
3. **educanda** : (qui) ragazza che studia dalle suore.
4. **senza scrupoli** : disonesto.

Da una finestra del suo appartamento Egidio vedeva ogni giorno Gertrude camminare nel cortile: attratto più che impaurito dalle possibili conseguenze, un giorno ebbe il coraggio di rivolgerle la parola e la sventurata [1] rispose.

Questa era la monaca di Monza quando fu presentata a Lucia ed ebbe con lei un colloquio insistente sui particolari della persecuzione di Don Rodrigo, atteggiamento che era apparso del tutto insolito [2] alla giovane e semplice contadina.

Lucia, infatti, non conosceva la storia di Gertrude e, stupita dal suo comportamento, chiese spiegazione alla madre:

Scene tratte dal film "Virginia, la monaca di Monza" (2004)

"Non ti meravigliare" le aveva risposto Agnese. "Quando avrai conosciuto il mondo quanto me, ti accorgerai che i signori, chi più chi meno, sono tutti un po' matti. Meglio lasciarli dire e fare finta [3] di prenderli sul serio. Sono tutti così!"

---

1. **sventurata** : sfortunata, infelice.
2. **insolito** : strano, non comune.
3. **fare finta** : fingere, simulare.

1 Il padre di Gertrude ha scoperto il biglietto che la figlia ha scritto al paggio: immagina le parole di Gertrude per giustificarsi e quelle del padre per rimproverarla.

2 Completa la seguente tabella con gli aggettivi di significato contrario, riferiti al carattere di una persona. (Puoi aiutarti con la lista di aggettivi che descrivono il carattere della monaca di Monza.)

Aggettivi	Contrari
sincero	....
sereno	....
modesto	....
obbediente	....
semplice	....
fiducioso	....

3 Cosa avrebbe potuto fare Gertrude per evitare di diventare monaca, come voleva suo padre? Prova ad immaginare un diverso sviluppo della sua storia.

4 'La sventurata rispose.' Immagina il seguito della vicenda scegliendo uno dei seguenti sviluppi ed aggiungendo altri particolari. [1]

a Gertrude si innamora di Egidio, lascia il monastero e lo sposa.

b Gertrude parla amichevolmente con Egidio, anche se una religiosa non potrebbe farlo fuori dal parlatorio.

c Gertrude diventa l'amante di Egidio e continua a vederlo di nascosto, pur rimanendo nel monastero.

1. Se vuoi verificare la tua ipotesi, leggi il capitolo 5.

Conventi
ieri e oggi

Il convento ieri

Il convento è un complesso residenziale tipico dell'organizzazione comunitaria cattolica.

Nel passato la sua funzione primaria era di ospitare persone che vivevano in comunità religiosa ed i servizi necessari alla comunità stessa (chiesa, mensa, lavanderia…), ed eventualmente da essa forniti al mondo esterno, soprattutto scuole.

Il convento, nato alla fine del Medioevo, non ha più la caratteristica di grande azienda agricola e di centro di una comunità rurale, ma consente alla comunità religiosa di mantenere una certa autonomia spirituale dal mondo.

La Certosa di Pavia, vista dal chiostro.

Convento di Santo Stefano a Creta.

Il convento oggi

Un convento è oggi, sostanzialmente, la residenza di frati o monache di un dato ordine religioso in un preciso territorio.

Negli ultimi decenni, a causa della crescente crisi di vocazioni religiose, molti conventi sono rimasti deserti e gli immobili sono stati immessi sul mercato e spesso sono stati trasformati in residenze private o strutture alberghiere.

In alcuni casi, invece, sono gli stessi religiosi che si fanno carico direttamente di questo cambiamento.

Questa operazione non è complicatissima dal punto di vista edilizio, poiché si tratta di edifici pensati per l'uso collettivo, ma è senza dubbio redditizia sul piano economico.

In questo modo i numerosi turisti alla ricerca di un alloggio semplice, pulito, e soprattutto economico, trovano qui la soluzione ideale.

CAPITOLO 4

Gli Spagnoli e
la carestia a Milano

È il secondo anno di raccolto [1] scarso. La popolazione di Milano
non attribuisce la carestia a cause naturali, ma al cattivo
governo degli Spagnoli che, nel 1628 (anno della nostra storia),
hanno messo a capo della città il Gran Cancelliere Antonio
Ferrer, in sostituzione del Governatore. [2]

Milano è in grande agitazione. Ferrer, per calmare gli animi,
decide di abbassare il prezzo del pane: la gente allora accorre ai
forni, [3] ma i fornai non sono disposti a lavorare senza
guadagnare e si rivolgono direttamente al Governatore, Don

---

1. **raccolto** : insieme dei frutti della terra raccolti nell'anno (es. grano).
2. **Governatore** : funzionario che governava la città.
3. **forno** : bottega che vende il pane o altri prodotti fatti con la farina (a
   Milano, nel Seicento, forno si diceva 'prestino' e ancora oggi i
   milanesi chiamano il panettiere 'prestinaio').

Gonzalo Fernandez de Cordova, che rincara[1] di nuovo il pane.

Il popolo allora si ribella e si riversa[2] in città. Ad un certo punto la folla si raduna[3] davanti ad un forno e grida: "Pane! Pane! Aprite! Aprite!" Il capitano delle guardie cerca di calmarli, dicendo: "Andate a casa, figlioli!", ma una pietra lo colpisce in fronte. Questo fatto dà il via ad un lancio generale di pietre fra i padroni del forno e i popolani. Alla fine la folla sfonda[4] la porta e tutti si gettano sulle casse del pane: è la rivolta.

Questa è la situazione quando Renzo arriva nel centro di Milano da Porta Orientale e per caso passa proprio davanti a quel forno.

"Questa è bella![5] Se fanno così a tutti i forni, dove vogliono fare il pane? Nei pozzi?"[6] pensa fra sé Renzo, pieno di buon senso.

In un attimo si trova in mezzo alla folla in rivolta: potrebbe allontanarsi, ma rimane per saperne di più.

Ad un certo punto si sparge[7] una notizia: stanno assaltando la

---

1. **rincarare** : alzare il prezzo, vendere più caro.
2. **riversarsi** : entrare in massa.
3. **radunarsi** : riunirsi, raggrupparsi.
4. **sfondare** : rompere, aprire rompendo.
5. **questa è bella!** : questo fatto è proprio strano!
6. **pozzo** : buca profonda nella terra da cui si prende l'acqua.
7. **spargersi** : diffondersi.

casa del Vicario di Provvisione, l'alto funzionario che provvede al cibo per la città. Tutti corrono verso quel luogo e anche Renzo, vinto dalla curiosità, si unisce a loro.

Mentre la gente tenta l'assalto, su una carrozza [1] appare Ferrer, il Gran Cancelliere che aveva messo il pane a buon mercato. [2] Renzo grida con gli altri: "Viva Ferrer!" e si fa largo fra la folla per far passare la carrozza.

1. **carrozza** : mezzo di trasporto a quattro ruote, trainato da cavalli, con quattro posti coperti e un posto esterno per il guidatore.
2. **a buon mercato** : a prezzo basso, economico.

Gli Spagnoli e la carestia a Milano

Perché Ferrer è lì? Per sedare il popolo [1] ha promesso di portare in prigione il Vicario di Provvisione, che tutti considerano responsabile della carestia. Alla fine, infatti, con grande difficoltà riesce a far salire il Vicario in carrozza... e a salvarlo dall'ira della folla.

A questo punto il popolo, soddisfatto, comincia a disperdersi. [2] Il sole è tramontato e molti tornano a casa. Anche Renzo sente un gran bisogno di mangiare e comincia a cercare un'osteria.

Ad un certo punto, si trova in mezzo ad un gruppo di persone e vuole dire anche lui la sua opinione: "Signori miei, il mio parere è questo: a farsi sentire si ottiene quel che è giusto. Bisogna andare avanti così e si risolveranno anche tanti altri problemi..."

Renzo parla con tale passione che altra gente si raccoglie intorno a lui ad ascoltarlo.

"Chi di voi sa indicarmi un'osteria per mangiare un boccone [3] e dormire?" chiede alla fine Renzo ai suoi ascoltatori. E uno di loro, che lo ha ascoltato attentamente, si offre di accompagnarlo all'Osteria della Luna Piena.

---

1. **sedare il popolo** : calmare, accontentare, soddisfare le richieste dei rivoltosi.
2. **disperdersi** : andare uno di qua e uno di là.
3. **boccone** : piccola quantità di cibo.

I Promessi Sposi

I due entrano nell'osteria e Renzo ad alta voce chiede subito un fiasco [1] di vino buono. L'oste gli porta anche dello stufato. [2] Renzo mangia, beve e intanto racconta.

L'uomo che lo ha accompagnato si è seduto davanti a lui e ascolta ogni sua parola. Alla fine dice all'oste: "Preparate un buon letto per questo bravo giovane, che ha intenzione di dormire qui." Ma intanto l'oste prepara anche carta e calamaio [3] per chiedere nome e cognome del nuovo cliente.

"Cosa c'entra questo con il letto?" ribatte Renzo.

"Io devo fare il mio dovere" risponde l'oste.

---

1. **fiasco** : grossa bottiglia rivestita di paglia, usata per il vino.
2. **stufato** : carne a pezzi cotta a fuoco lento in un tegame.
3. **calamaio** : piccolo contenitore con l'inchiostro per scrivere.

Renzo rifiuta di dare i suoi dati, [1] con l'approvazione degli altri clienti dell'osteria, e ordina un altro fiasco di vino. Bicchiere dopo bicchiere, la discussione ritorna sul problema del pane.

"Ecco come farei io..." dice l'accompagnatore di Renzo. "Distribuirei tanto pane quante sono le bocche. Ognuno dovrebbe avere un biglietto con il suo nome; per esempio... Qual è il vostro?"

"Lorenzo Tramaglino," risponde ingenuamente Renzo, che fino a quel momento aveva cercato di tenere nascosta la sua identità.

I clienti si divertono ad ascoltare e Renzo, ormai ubriaco, è diventato lo zimbello [2] del gruppo.

"Andiamo a letto, a letto!" dice l'oste a Renzo, trascinandolo [3] per un braccio, finché, arrivato in camera, lo aiuta a spogliarsi. Il giovane cade immediatamente addormentato sul letto.

A questo punto il padrone dell'osteria, anche se a notte inoltrata, va a fare il suo dovere al Palazzo di Giustizia, portando i dati del nuovo cliente. Allo spuntare del giorno [4] Renzo viene svegliato d'improvviso da un uomo vestito di nero e da due soldati.

"Lorenzo Tramaglino! Alzatevi e venite con noi!" ordina l'uomo.

"Co... cosa vuol dire questo?" balbetta Renzo e poi aggiunge: "Chi vi ha detto il mio nome?"

---

1. **dato** : informazione sull'identità di una persona (nome, cognome, luogo e data di nascita, professione, ecc.).
2. **zimbello** : persona oggetto di scherzi da parte di altri.
3. **trascinare** : tirare con forza.
4. **spuntare del giorno** : mattina.

I Promessi Sposi

"Meno discorsi e fate presto!" e intanto i soldati legano i polsi [1] a Renzo e lo portano fuori come un prigioniero.

"Portatemi da Ferrer!" dice Renzo. Poi comincia a gridare, facendo accorrere gente lungo la strada. "Mi portano in prigione perché chiedevo pane e giustizia!" urla, mentre la folla, che è a suo favore, si avvicina minacciosa. I soldati, capito il pericolo, lasciano Renzo e scappano.

"Scappa, scappa!" gli gridano gli altri, ma Renzo non ha certo bisogno di questo consiglio! Dopo aver corso abbastanza, si rivolge ad un passante e gli chiede: "Da che parte si va per andare a Bergamo?"

1. **polso** : parte del braccio (fra avambraccio e mano).

Gli Spagnoli e la carestia a Milano

"Da Porta Orientale" risponde l'uomo. "E per andare a Porta Orientale?" prosegue Renzo.

"Prendete questa strada a sinistra: vi troverete in Piazza del Duomo."

Così finalmente Renzo esce dalla città.

Cammina cammina, attraversa diversi villaggi, ma non domanda neppure il loro nome: l'importante è allontanarsi da Milano!

Arrivato ad un paesino di campagna, si ferma in un'osteria. Alcuni curiosi gli chiedono notizie su Milano, ma Renzo questa volta dice che non sa nulla, anzi si siede in silenzio lontano dagli altri. Poi domanda all'oste: "Quanto c'è da qui all'Adda?" "Ci saranno sei miglia"[1] gli risponde l'altro.

Renzo paga il conto e si incammina verso il fiume.

Dopo un po' arriva dove finisce la campagna coltivata e comincia un terreno incolto;[2] lo attraversa con difficoltà e finalmente sente un rumore d'acqua corrente: è l'Adda. Vede una capanna, entra dentro e si sdraia sulla paglia: ha proprio bisogno di una bella dormita! Ma appena chiude gli occhi, quante immagini affiorano[3] nella sua mente! Due sole non sono accompagnate dall'amarezza e dalla paura: quelle di una treccia[4] nera (Lucia) e di una barba bianca (Fra' Cristoforo). Al mattino si

1. **miglio** : unità di misura riferita alle distanze, con valori diversi secondo i luoghi e i tempi (oggi in Italia si usa il chilometro).
2. **incolto** : non coltivato.
3. **affiorare** : emergere, venire fuori.
4. **treccia** : pettinatura femminile in cui si intrecciano alternativamente i capelli divisi in tre ciocche.

I Promessi Sposi

alza e, con l'aiuto di un barcaiolo, attraversa il fiume.

"È Bergamo quel paese?" chiede Renzo.

"È terra di Venezia" risponde l'uomo.

Renzo si sente finalmente al sicuro e si incammina verso il paese dove abita suo cugino Bortolo. Ormai la brutta avventura è passata.

Ma spostiamoci sul lago di Como: quello stesso giorno arriva una lettera al Podestà [1] di Lecco con l'ordine di portare in prigione Lorenzo Tramaglino, filatore di seta, sfuggito alle forze dell'ordine a Milano.

Intanto Don Rodrigo viene a sapere che Lucia è in un monastero di Monza sotto la protezione di una gran signora, mentre il fatto che Renzo sia lontano e ricercato dai soldati infiamma [2] ancora di più la sua passione per Lucia.

---

1. **Podestà** : persona che anticamente amministrava la città, come oggi il sindaco.
2. **infiammare** : accendere.

Gli Spagnoli e la carestia a Milano

Nel frattempo la ragazza e sua madre stanno tranquille in convento: la 'signora' chiama spesso nel suo parlatorio privato Lucia e si meraviglia della sua ingenuità e della sua dolcezza.

I giorni passano monotoni [1] ma senza preoccupazioni, finché le due donne vengono a sapere del tumulto [2] di Milano e della fuga di Renzo.

Don Rodrigo, come abbiamo detto, è più deciso che mai ad avere Lucia. Perciò pensa di rivolgersi al tiranno [3] dei tiranni, un uomo talmente potente e pericoloso che nessuno ha il coraggio di pronunciare il suo nome. Per questo chi vuole parlare di lui deve chiamarlo 'l'Innominato'. Questo signore vive in un castello al confine con il territorio di Bergamo e lì si dirige Don Rodrigo a cavallo con una piccola scorta [4] di 'bravi' a piedi: il Griso al suo fianco, gli altri dietro.

1. **monotono** : sempre uguale, noioso.
2. **tumulto** : (qui) rivolta popolare.
3. **tiranno** : dittatore, oppressore.
4. **scorta** : gruppo di guardie al seguito di un personaggio potente, con il compito di proteggerlo.

Comprensione

1 **Perché Renzo viene arrestato? Scegli la risposta esatta.**

a ☐ Perché scoprono che era un oppositore di Don Rodrigo.

b ☐ Perché non paga il conto all'oste.

c ☐ Perché non dice il suo nome all'oste.

d ☐ Perché l'uomo che lo ha accompagnato in realtà è una spia di Don Rodrigo.

e ☐ Perché pensano che sia un rivoltoso.

2 **Leggi le seguenti frasi e rimettile in ordine cronologico in modo da costruire un breve riassunto del capitolo 4.**

a ☐ Renzo si trova coinvolto nella rivolta e aiuta la carrozza del Gran Cancelliere Ferrer a passare fra la folla.

b ☐ L'oste va a denunciare Renzo al Palazzo di Giustizia e la mattina dopo Renzo viene arrestato nella sua camera.

c ☐ La folla assalta un forno nel centro di Milano.

d ☐ La folla aiuta Renzo a scappare dai soldati che lo stanno portando al Palazzo di Giustizia.

e ☐ Renzo arriva all'Osteria della Luna Piena insieme ad un uomo incontrato per strada.

f ☐ Renzo attraversa la campagna, si ferma in un'osteria, arriva al fiume Adda e dorme in una capanna.

g ☐ Renzo discute animatamente con la gente dell'osteria, poi va a dormire.

h ☐ Don Rodrigo decide di chiedere aiuto all'Innominato per riuscire ad avere Lucia.

i ☐ Renzo attraversa l'Adda e raggiunge Bergamo e la casa del cugino Bortolo.

Grammatica

1 Completa il testo inserendo le seguenti parole.

> poi   perciò   e   ma

È il 1628. A Milano la gente è esasperata per la carestia. ...., quando il governo alza il prezzo del pane, si ribella, dà l'assalto ai forni .... ruba tutto quello che trova.

.... la folla si muove per assaltare il palazzo del funzionario spagnolo che ha rincarato il pane, ... una carrozza arriva appena in tempo per salvarlo.

Produzione orale

1 Cosa pensi di Renzo? Ci sono dei lati del suo carattere che non ti piacciono? Definisci la sua personalità portando degli esempi del suo comportamento.

Produzione scritta

CELI 4

1 Usa le informazioni ricavate dal capitolo 4 e scrivi un possibile discorso in cui Renzo, ad un tavolo dell'Osteria della Luna Piena...

- fa un brindisi alla salute dell'oste e degli altri clienti
- esprime le sue opinioni sulla rivolta
- invita gli altri a bere con lui

(da un minimo di 150 ad un massimo di 200 parole)

Milano
nel Seicento

Nel Seicento Milano visse un periodo di profonda crisi economica e politica causata dal dominio degli Spagnoli e dalla guerra fra Spagna e Francia, che si contendevano [1] il predominio [2] sull'Italia, in particolare nel Ducato di Mantova e del Monferrato (ad est ed ad ovest della Lombardia).

In quell'epoca i **nobili** avevano grande potere nella società: svolgevano attività pubbliche (notai, avvocati...), si occupavano di beneficenza, [3] curavano i loro possedimenti in campagna e, spesso, con il loro seguito di 'bravi', esercitavano prepotenze sulla gente umile.

I **mercanti** di oro, argento, seta e lana erano sempre stati la principale fonte di ricchezza dello Stato di Milano, ma nel Seicento avevano perso importanza istituzionale e cercavano di riacquistarla comprando dai nobili, oltre ai terreni, i titoli nobiliari. [4]

Gli **operai** dei dintorni di Milano lavoravano soprattutto nelle filande di seta e lana ma, a causa della crisi economica, molte di queste fabbriche avevano dovuto chiudere e molti si erano trovati

1. **contendersi** : lottare, litigare per avere.
2. **predominio** : supremazia.
3. **beneficenza** : donazione di denaro, aiuto ai poveri.
4. **titoli nobiliari** : sono, per esempio, 'conte', 'marchese', 'barone', 'principe', ecc.

Piazza del Duomo con scene carnevalesche (seconda metà del XVII secolo), anonimo pittore Lombardo. Museo di Milano, Milano.

senza lavoro. Quelli che riuscivano a sopravvivere con difficoltà erano considerati **poveri**, altri vivevano di elemosina [1] ed erano dunque **mendicanti**.

I **soldati** furono a Milano una presenza costante per tutto il secolo: infatti la Lombardia era in una posizione strategica, a metà strada fra la Spagna e le Fiandre (l'attuale Olanda), e a quel tempo era anch'essa sotto il dominio spagnolo. Per circa 150 anni (dal 1550 al 1700) la popolazione locale fu costretta a pagare per il mantenimento dell'esercito spagnolo e a subirne i soprusi.

---

1. **elemosina** : carità, soccorso dato ad un povero che tende la mano per strada.

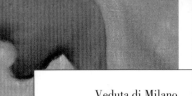

Veduta di Milano dal Duomo.

Milano *oggi*

Milano, che nel Seicento era arrivata ad un massimo di 250.000 abitanti, oggi ne ha circa 4 milioni ed è una città vitalissima, considerata la capitale economica dell'Italia.

Fra i suoi monumenti più importanti ricordiamo:

- il Duomo, costruito fra il 1366 e il 1485, è la più grande cattedrale gotica italiana;
- il Castello Sforzesco, fatto costruire da Galeazzo II Visconti nel 1368 a scopo difensivo;
- il famosissimo teatro lirico settecentesco della Scala;
- la Galleria Vittorio Emanuele II (costruita nel 1878) collega Piazza del Duomo a Piazza della Scala ed è il cuore della Milano elegante.

PROGETTO **INTERNET**

Milano tra cultura e divertimento

Fai una ricerca in Internet su Milano, aggiungendo le seguenti parole: *eventi*, *spettacoli*, *ristoranti*.

Ora, usando le informazioni necessarie, organizza una serata con i tuoi amici in almeno tre tappe.

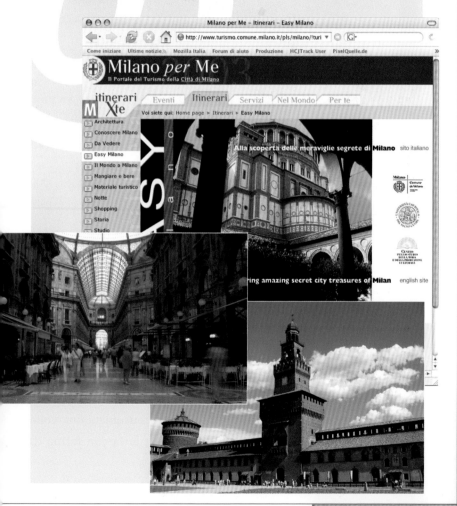

A tavola
nel Seicento

Il mangiatore di fagioli (fine del XVI secolo), Annibale Carracci.
Galleria Colonna, Roma.

Quali erano i cibi più usati a Milano nel Seicento?

A Milano, al tempo degli Spagnoli, il cibo più importante, soprattutto per i poveri, era il pane, che costituiva quasi l'unico alimento, insieme ad una minestra di verdura consumata una volta al giorno. Altrimenti si mangiava la polenta, fatta con farina di granturco bollita nell'acqua o nel latte.

L'altro alimento fondamentale era il vino, che era considerato un prodotto quasi indispensabile per vivere. (Lo davano anche ai malati e ai bambini!)

Il riso costava più del grano e per questo era meno presente sulla tavola dei poveri. Anche la pasta si usava meno che nell'Italia del sud e in Sicilia: già allora si parlava infatti di 'maccheroni siciliani'.

Chi poteva mangiava anche pesce (di fiume e di lago) e carne (soprattutto di maiale, ma anche di manzo, agnello, pollo, cappone, anatra e perfino pavone).

Quali grassi si usavano per cucinare?

In cucina era presente soprattutto il burro, raramente l'olio.

Qual era il piatto tipico milanese di quel tempo?

Era il 'cervellato', un tipo di salame fatto con carne di maiale e spezie.

Natura Morta (XVII secolo), Giacomo Ceruti.

Esistevano i ristoranti?

Certo, ma si chiamavano 'osterie' o 'taverne' e servivano soprattutto vino e cose da mangiare. Non erano certo locali molto eleganti e spesso la gente umile finiva per spendere in un'ora il guadagno di un'intera settimana di lavoro. I ricchi, invece, mangiavano di solito nel loro palazzo, dove avevano al loro servizio un buon numero di cuochi e servitori.

1 Indica con una ✓ se le seguenti affermazioni sono vere (V) o false (F).

Nel Seicento a Milano...

		V	F
a	i poveri potevano mangiare solo il pane.	☐	☐
b	gli alimenti più diffusi erano il pane e il vino.	☐	☐
c	il piatto più famoso era a base di riso.	☐	☐
d	la pasta era conosciuta, ma meno popolare che nell'Italia del sud.	☐	☐
e	l'olio di oliva era poco usato in cucina.	☐	☐
f	solo i ricchi potevano permettersi di mangiare fuori casa.	☐	☐

2 Abbina ciascuna immagine di un piatto tipico alla relativa zona d'origine.

 1 ☐

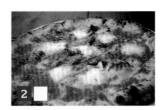 2 ☐

 3 ☐

 4 ☐

 5 ☐

a Lasagne alla bolognese
b Risotto alla milanese
c Bistecca alla fiorentina
d Cotoletta alla milanese
e Pizza alla napoletana

3 Leggi il seguente testo sulla dieta dei monaci benedettini nel XII secolo (non troppo diversa, probabilmente, da quella dei secoli successivi, fino al Seicento) e rispondi alle domande.

NEI CONVENTI MEDIOEVALI MANGIAVANO QUASI MEGLIO DI NOI. IL SEGRETO? I VEGETALI

IL MONACO BENEDETTINO – XII SEC.

Anche cinque uova in 24 ore

Il primo pasto comprendeva due piatti, uno di fave o piselli (bolliti e conditi con un po' di lardo) e uno di cavolo o lattughe o insalate varie. A questo menù, tre volte la settimana, si aggiungevano cinque uova fritte e, ogni tanto, una porzione di formaggio cotto. Gli altri giorni, invece, una pietanza fatta di 250 grammi di formaggio molle e due uova. Ogni giorno, poi, a ciascun monaco veniva distribuita una razione di pane di 500 grammi e 30 centilitri di vino. Il pasto della sera comprendeva pane con frutta cruda di stagione (pere, mele, nespole, ciliegie, fragole, fichi, prugne, castagne, uva).

IL GIUDIZIO DEL DIETOLOGO

Più sensati di noi in fatto di colesterolo

La longevità dei monaci rispetto al resto della popolazione era leggendaria. La loro dieta dimostra quanto siano mal condotte alcune campagne che demonizzano il lardo e le uova: poco di tutto e molti legumi migliorano l'utilizzo dei grassi e limitano la produzione di colesterolo.

È un'alimentazione quasi vegetariana, con un altro pregio: un pasto serale molto frugale. Poco vino: bravi i benedettini, con buona pace del colesterolo delle uova! Non dimentichiamo, però, che la Regola imponeva un costante esercizio fisico.

da *"Focus"*

a Quali fra questi prodotti erano assenti dalla tavola dei benedettini? Sottolineali.

VERDURA   CARNE   UOVA   PESCE   MIELE
LATTE   PANE   FRUTTA   VINO

b I monaci mangiavano di più ☐ a pranzo ☐ a cena

c I monaci benedettini vivevano a lungo, perché...

d Secondo te, qual è la migliore dieta dal punto di vista della salute?

CAPITOLO 5

L'Innominato e il rapimento di Lucia

Il castello dell'Innominato si trova su una collina che domina una valle. Tutto intorno ci sono monti, boschi, precipizi. [1] È qui che arriva Don Rodrigo in compagnia dei suoi 'bravi'.

L'Innominato, un uomo alto, quasi calvo [2] e con la faccia rugosa, [3] acconsente alla richiesta di aiuto di Don Rodrigo: rapire una semplice ragazza del popolo non gli sembra un'impresa difficile, soprattutto potendo contare sull'aiuto di un giovane senza scrupoli che vive vicino al convento di Monza: Egidio.

Vi ricordate del giovane che insistentemente aveva parlato alla giovane monaca Gertrude, tanto da farla innamorare di sé? Bene,

---

1. **precipizio** : roccia in forte pendenza, dirupo da cui è facile cadere.
2. **calvo** : senza capelli.
3. **rugosa** : piena di rughe, grinze, pieghe della pelle.

è proprio lui. Ma Gertrude acconsentirà a far rapire Lucia? In un primo momento la proposta le appare spaventosa, ma alla fine le insistenze del suo amante la convincono. Per attuare il piano, Gertrude chiede a Lucia di andare al convento dei frati cappuccini: la ragazza, anche se è spaventata all'idea di uscire da sola, non può rifiutarsi. Mentre cammina per strada con gli occhi bassi, vede una carrozza ferma, con due viaggiatori davanti allo sportello aperto.

"Mi sapete dire qual è la strada per Monza?" le chiede uno dei due.

"Avete sbagliato, Monza è di qua..." risponde Lucia, ma mentre si volta per indicare la direzione, l'altro la prende per la vita[1] e la fa salire con forza in carrozza: lei urla e si agita, ma un

1. **vita** : parte del corpo sopra i fianchi, dove si mette la cintura.

altro 'bravo' le mette un fazzoletto sulla bocca e le soffoca il grido in gola. [1]

La carrozza entra nel bosco a gran velocità. Lucia sviene, [2] poi riapre gli occhi: "Lasciatemi andare! Chi siete voi? Dove mi portate?"

"Dove ci hanno ordinato!" risponde uno dei 'bravi'. Lucia d'improvviso cerca di aprire lo sportello, ma la trattengono con forza e allora non le resta altro che pregare.

Intanto l'Innominato l'aspetta, ma con un'inquietudine insolita per lui. Fa chiamare una vecchia serva e le ordina di andare incontro a Lucia e di farle coraggio. "Ho sbagliato a impegnarmi" pensa fra sé. Anche il capo dei 'bravi' gli confessa che ha provato compassione [3] per quella ragazza.

L'Innominato, turbato, decide di incontrarla di persona.

La trova rannicchiata [4] in terra in una stanza del castello, chiusa a chiave. "Alzati, non voglio farti del male!" le dice. Allora Lucia si inginocchia davanti a lui e si sfoga: [5] "Perché mi fate patire le pene dell'inferno? Cosa Vi ho fatto io? In nome di Dio..."

"Dio, Dio, sempre Dio..." la interrompe l'Innominato.

"Vedo che Voi avete buon cuore, liberatemi!"

"Domattina..." risponde il signore.

La notte Lucia non riesce a dormire: ripensa ai fatti passati ed è terrorizzata da quello che potrà succederle. Agitata ed angosciata, si inginocchia e prega la Madonna: "O Vergine

---

1. **soffocare il grido in gola** : impedire di gridare.
2. **svenire** : perdere coscienza, perdere i sensi.
3. **compassione** : sentimento di partecipazione al dolore di un altro.
4. **rannicchiata** : ripiegata su se stessa.
5. **sfogarsi** : raccontare i propri problemi.

santissima! Fatemi uscire salva da questo pericolo! Fatemi tornare salva da mia madre e faccio voto [1] di rinunciare per sempre al mio promesso sposo!"

Questa decisione la fa sentire più tranquilla e fiduciosa; finalmente si addormenta.

Ma c'è qualcun altro in quello stesso castello che non può dormire: è l'Innominato, che rivede tutto il male fatto nella sua vita e ne è pentito. Perché sta avvenendo in lui questo cambiamento? L'immagine di Lucia ritorna insistente nella sua mente. "Lei è ancora viva... posso aiutarla... posso chiederle perdono. Chiederle

---

1. **fare voto** : promettere solennemente a Dio.

perdono? Io? Ad una donna? Eppure… se questo mi potesse liberare dai tormenti…" L'Innominato non trova pace, finché decide di liberarla.

La mattina il suono delle campane a festa sveglia l'Innominato da un sonno agitato. Gli dicono che è arrivato il Cardinale Federigo Borromeo, arcivescovo di Milano. "Cos'ha quell'uomo per rendere tanto allegra la gente?" si chiede l'Innominato; decide di andare a incontrarlo, ma prima vuole passare dalla stanza di Lucia. Vede che dorme e ne è contento. Poi si incammina senza scorta verso il paese, per incontrare l'alto sacerdote.

Il Cardinale aspetta di entrare in chiesa per celebrare la Messa, quando gli annunciano una strana visita: "Monsignore illustrissimo, [1] c'è niente meno che [2] il signor…"

"Lui?" esclama Federigo Borromeo. "Venga! Venga subito!"

Appena entra l'Innominato, il Cardinale gli va incontro con volto sereno e gli dice: "Lasciatemi stringere la mano che riparerà tanti torti, [3] che spargerà tante beneficenze e che solleverà tanti afflitti!" [4]

"Dio veramente grande…" esclama l'Innominato, liberandosi da quell'abbraccio.

---

1. **Monsignore illustrissimo** : così ci si rivolgeva agli alti sacerdoti.
2. **niente meno che** : addirittura (espressione di sorpresa).
3. **riparare un torto** : rimediare a un danno, a un male.
4. **afflitto** : persona addolorata, tormentata.

"Dio vuol farvi diventare strumento di salvezza per chi volevate rovinare!"[1] continua il cardinale.

E l'Innominato gli parla subito di Lucia.

A questo punto il Cardinale chiede se tra i parroci radunati ci sia per caso anche quello del paese di Lucia. C'è: lo chiama e gli dà l'incarico di andare con l'Innominato a prendere Lucia.

Sembra semplice, ma per il carattere di Don Abbondio un viaggio in carrozza con i 'bravi' è un'esperienza terribile. Finalmente arriva al castello, e ora è Lucia che non crede ai suoi occhi: "Voi? Siete Voi? Il signor curato? Dove siamo?... Oh povera me! Non capisco più niente!"

"No, no!" risponde Don Abbondio. "Coraggio, sono proprio io e sono venuto qui apposta per portarti via!"

In quel momento appare anche l'Innominato e Lucia non può nascondere la sua paura. Ma una donna venuta al castello insieme al curato per fare compagnia a Lucia le dice: "Viene a liberarvi! Non è più quello di prima, è diventato buono!"

In carrozza la buona donna informa Lucia che stanno andando

---

1. **rovinare** : distruggere, danneggiare.

I Promessi Sposi

verso un paese vicino al suo. Allora la ragazza pensa subito a sua madre. "La manderemo a cercare" le assicura la donna.

Dopo un viaggio in mezzo ai monti e ai precipizi, si arriva in paese. Un chiasso [1] di voci allegre accoglie la carrozza: è la famiglia del sarto [2] del villaggio, che ospiterà Lucia per qualche giorno.

"Benvenuta nella nostra casa!" dicono a Lucia il sarto e la moglie. La fanno sedere a tavola e cercano di confortarla, facendola mangiare e distraendola [3] dai suoi pensieri con altri racconti.

Finalmente anche Agnese arriva a casa del sarto: madre e

---

1. **chiasso** : forte rumore prodotto da persone.
2. **sarto** : artigiano che cuce e confeziona vestiti.
3. **distrarre** : divertire, fare pensare ad altro.

figlia si ritrovano fra baci, abbracci e pianti.

Il giorno successivo, nel paese di Lucia e in tutto il territorio di Lecco non si parla che di lei e della sua storia.

Intanto il Cardinale sta visitando, una al giorno, tutte le parrocchie della zona. Arriva anche in quella di Don Abbondio e lo rimprovera perché non ha unito in matrimonio i due giovani al momento giusto. Ormai è chiaro che Lucia non può tornare a casa sua: "Penserò io a metterla al sicuro" dice il Cardinale.

Poco lontano dal paese del sarto c'è la villa di una coppia di anziani benestanti,[1] Don Ferrante e Donna Prassede: lui è sempre chiuso nella sua biblioteca a leggere, lei è sempre impegnata a fare opere di bene. È lì che Lucia viene accolta.

---

1. **benestante** : ricco.

I Promessi Sposi

Agnese va spesso a trovare Lucia in casa di Donna Prassede. Un giorno le annuncia che l'Innominato le ha mandato 100 scudi [1] d'oro come dote [2] per il matrimonio. Lucia, però, non accoglie con gioia questa notizia.

"Ma cos'hai?" le chiede Agnese.

"Povera mamma!" esclama Lucia abbracciandola "Non posso più essere la moglie di Renzo!"

"Come? Come?" chiede Agnese sbalordita. [3]

A questo punto Lucia deve rivelarle il voto che ha fatto alla Madonna nella terribile notte al castello dell'Innominato.

"E Renzo?" chiede Agnese.

"Non devo pensare più a lui, ma so quanti guai ha passato per colpa mia, povero Renzo! Mandiamogli questi denari, ne ha certo più bisogno di noi!"

---

1. **scudo** : moneta dell'epoca.
2. **dote** : somma di denaro o altri beni che la sposa porta nella nuova famiglia.
3. **sbalordita** : meravigliata, stupita, sorpresa.

Comprensione

1 **Metti nell'ordine giusto le espressioni date.**

1 Le persone coinvolte nel rapimento di Lucia sono:

    a ☐ Gertrude.

    b ☐ i due 'bravi' nella carrozza.

    c ☐ l'Innominato.

    d ☐ Egidio.

    e ☐ Don Rodrigo.

2 Durante la notte al castello questi sono i pensieri di Lucia:

    a ☐ paura.

    b ☐ serenità nella preghiera.

    c ☐ decisione di fare un voto alla Madonna.

3 Questi sentimenti turbano l'animo dell'Innominato:

    a ☐ pentimento per il suo passato comportamento.

    b ☐ strana e insolita inquietudine.

    c ☐ desiderio di cambiare vita.

    d ☐ compassione per la ragazza.

    e ☐ dispiacere per essersi impegnato con Don Rodrigo per rapire Lucia.

4 Il giorno dopo il Cardinale compie queste azioni:

    a ☐ va a trovare Don Abbondio al suo paese.

    b ☐ accetta subito di incontrare l'Innominato che vuole parlare con lui.

    c ☐ trova una sistemazione definitiva per Lucia.

    d ☐ chiama Don Abbondio e gli ordina di andare a prendere Lucia al castello.

2 Leggi queste frasi e rimettile nell'ordine giusto per costruire un breve riassunto del capitolo 5.

a ☐ Lucia, chiusa in una stanza del castello, passa la notte a pregare e fa voto di non sposare Renzo, se si salverà.

b ☐ Il Cardinale chiama Don Abbondio e lo manda a prendere Lucia al castello.

c ☐ Don Rodrigo va al castello dell'Innominato per chiedergli di rapire Lucia.

d ☐ Il Cardinale trova un rifugio sicuro per Lucia a casa di Don Ferrante e Donna Prassede.

e ☐ Due 'bravi' dell'Innominato rapiscono Lucia con una carrozza e la portano al suo castello.

f ☐ Il Cardinale Borromeo visita il paese e incontra l'Innominato.

g ☐ Egidio convince la monaca di Monza a far uscire Lucia dal monastero.

h ☐ Lucia è accolta temporaneamente dalla famiglia di un sarto che abita vicino al suo paese.

Competenze linguistiche

1 Quante altre parole italiane si possono ottenere cambiando una sola lettera a quelle scritte qui sotto? Cercane almeno tre ciascuna. (Attenzione: puoi usare anche i plurali.)

VOTO	☐☐☐☐	☐☐☐☐	☐☐☐☐
SOLA	☐☐☐☐	☐☐☐☐	☐☐☐☐
PENA	☐☐☐☐	☐☐☐☐	☐☐☐☐
MANO	☐☐☐☐	☐☐☐☐	☐☐☐☐
DOTE	☐☐☐☐	☐☐☐☐	☐☐☐☐

Grammatica

1 Sostituisci con un pronome personale le parti sottolineate e trascrivile, come nell'esempio.

1 La proposta appare spaventosa <u>a Gertrude</u>.
   La proposta le appare spaventosa.

2 Don Rodrigo chiede <u>all'Innominato</u> di rapire Lucia.
   ....

3 Gertrude chiede <u>a Lucia</u> di andare al convento dei frati cappuccini.
   ....

4 L'Innominato decide di incontrare <u>Lucia</u>.
   ....

5 Lucia si rivolge alla Madonna e prega <u>la Madonna</u> di salvarla.
   ....

6 Il Cardinale rimprovera Don Abbondio di non avere sposato <u>Renzo e Lucia</u>.
   ....

7 Agnese va spesso a trovare <u>Lucia</u>.
   ....

Produzione orale

1 Cosa pensi di Lucia? Quali aspetti del suo carattere ti hanno colpito? Approvi la sua decisione di fare voto alla Madonna? Perché?

Il Cardinal
Federigo Borromeo
(XIX secolo),
Nicola Cianfanelli.
Palazzina della
Meridiana, Firenze.

La vita del cardinale
Federigo Borromeo

Federigo Borromeo (Milano 1564-1631) è un personaggio realmente esistito: fu consacrato sacerdote da suo cugino Carlo Borromeo, che già allora era considerato santo e che fu per lui un modello di vita. Nel 1595 divenne arcivescovo di Milano e si dedicò a proteggere i poveri e a realizzare altre opere di beneficenza. Il suo obiettivo principale fu quello di ridare una disciplina morale alla società cattolica del tempo, promuovendo la diffusione delle confraternite, associazioni di persone che difendevano i principi cattolici nella società.

Come suo cugino San Carlo Borromeo, Federigo si dedicò con

grande impegno alla lotta contro le eresie e all'applicazione della Controriforma (cioè la riforma della Chiesa Cattolica realizzata alla fine del Cinquecento, in reazione alla Riforma della Chiesa Protestante).

Grande amante della cultura, fondò la Biblioteca Ambrosiana, aperta al pubblico nel 1609. Numerose sono le sue opere letterarie, che denotano un eclettico interesse per tutte le discipline. In lui prevalsero le preoccupazioni di natura religiosa e spirituale, il che fu determinante nel tenerlo lontano dalle manovre di potere e dagli intrighi di corte. Questa scelta era anche la più adatta al suo carattere tendenzialmente timido e introverso, alle sue inclinazioni intellettuali e al suo amore per la vita ritirata e per lo studio.

Fece erigere, ad Arona, la statua di San Carlo; abbellì inoltre il Duomo di Milano, dove poi fu sepolto.

Il cardinale Federico Borromeo testimonia, dunque, per Manzoni l'enorme ruolo che il clero milanese ha avuto nel XVII secolo durante

La statua dedicata a San Carlo Borromeo, detta il Sancarlone.

la dominazione spagnola: un ruolo di sostegno alla popolazione durante le calamità (carestia, guerra, peste), di promozione culturale (biblioteca ambrosiana), di apostolato religioso e più generalmente di coesione sociale fondata sui valori cristiani.

1 Ricostruisci alcune date importanti della biografia di Federigo Borromeo, completando queste frasi in base al testo che hai letto.

Nel 1564 ....

....

Nel 1595 ....

....

Nel 1609 ....

....

Nel 1631 ....

....

2 Indica con una ✓ se le affermazioni sono vere (V) o false(F).

		V	F
1	Il cardinale Federigo Borromeo è un personaggio di fantasia.	☐	☐
2	Promosse la diffusione delle confraternite nel tentativo di ridare una disciplina morale alla società cattolica.	☐	☐
3	Scrisse numerose opere religiose.	☐	☐
4	Il cardinale Federigo Borromeo era una persona estroversa e disinvolta.	☐	☐
5	Manzoni vede, nella figura del cardinale Borromeo, un esempio concreto dei valori della Chiesa Cattolica.	☐	☐

La guerra, la miseria, la peste

Siamo nell'autunno 1629, quasi un anno dopo la separazione
forzata dei due giovani: cosa è successo nel frattempo?

Renzo è stato nascosto dal cugino Bortolo nei pressi di Bergamo, mentre Lucia è rimasta in casa di Donna Prassede.

Intanto a Milano, dopo la ribellione del popolo in cui è stato coinvolto anche Renzo, l'abbondanza sembra ritornata, ma solo per breve tempo. La carestia ormai è alle porte: le botteghe sono quasi tutte chiuse, le strade piene di poveri e mendicanti, e perfino i 'bravi', licenziati dai loro padroni, girano per la città chiedendo l'elemosina. Il giorno si sentono solo voci che supplicano, la notte solo pianti e gemiti.

All'arrivo dell'inverno, fra il 1628 e il 1629, gli abitanti di

Milano muoiono come mosche [1] e si teme un'epidemia. Per questo il Tribunale della Sanità decide di raccogliere i mendicanti in ospizi. [2] Il più grande è il 'lazzaretto', subito fuori Porta Orientale, dove in pochi giorni vengono accolti più di tremila poveri. Qui le condizioni di vita sono terribili: si dorme ammassati a venti, a trenta per ogni stanza. Il pane è cattivo, l'acqua scarsa. A tutto questo si aggiunge la brutta stagione: piogge ostinate in primavera, poi siccità [3] e caldo forte.

Intanto molte cose importanti sono accadute a livello politico: la Francia ha deciso di aiutare il duca di Nevers nella lotta di successione [4] per Mantova, visto che Ferdinando Gonzaga è senza eredi. [5] Addirittura re Luigi XIII, con il cardinale Richelieu, si è mosso con un esercito verso questa città dell'Italia nord-orientale per sostenerlo. Ferdinando Gonzaga, allora, appoggiato dall'esercito tedesco, avanza con i suoi soldati. Dovrà attraversare il ducato di Milano e ciò appare molto pericoloso, soprattutto perché si dice che l'esercito tedesco porti la peste. [6]

Nel settembre 1629 i soldati entrano nel ducato di Milano. Gran parte degli abitanti, spaventati, si rifugia sui monti, passando anche attraverso il paese di Don Abbondio.

"Oh, povero me!" esclama il prete, che è fra i più spaventati alla notizia dell'arrivo dei soldati stranieri.

---

1. **morire come mosche** : morire in molti.
2. **ospizio** : edificio per ospitare persone in difficoltà (poveri, anziani, malati...).
3. **siccità** : tempo secco, mancanza di pioggia.
4. **lotta di successione** : lotta per ottenere il trono o un altro potere, fino a quel momento in mano ad altri.
5. **erede** : chi dovrebbe ricevere dei beni o una carica come successore legittimo (es. il figlio di un re o di un duca).
6. **peste** : terribile malattia infettiva spesso mortale.

"Che gente! Ognuno pensa a sé e a me nessuno vuol pensare!"
E, rivolgendosi a Perpetua: "Come faremo con i denari?"

"Dateli a me, che andrò a sotterrarli qui nell'orto di casa con le posate!" [1]

"Ma dove andiamo?" chiede preoccupato Don Abbondio.

"Dove vanno tutti gli altri" risponde Perpetua.

In quel momento entra Agnese, con l'aria di chi viene a fare una proposta importante.

"Perché non chiediamo all'Innominato ospitalità nel suo castello?"

Perpetua approva, il prete è ancora dubbioso, ma alla fine prende il breviario, [2] il cappello e il bastone e tutti e tre si incamminano per i campi.

Dopo essere rimasti circa un mese al sicuro nel castello

---

1. **posate** : insieme di forchette, coltelli e cucchiai.
2. **breviario** : libro di preghiere.

dell'Innominato, in attesa del passaggio dell'esercito, finalmente Don Abbondio e le due donne rientrano al loro paese.

Ecco cosa vedono durante il viaggio di ritorno: vigne spoglie, [1] rami a terra, pali [2] strappati, cancelli portati via, per non parlare del disordine e della sporcizia che trovano nelle loro case. "Porci!" esclama Perpetua, mentre pulisce il pavimento.

Siamo ora nei primi mesi del 1630. La peste, che il Tribunale della Sanità temeva potesse entrare a Milano al passaggio dei soldati tedeschi, è entrata davvero: in tutto il territorio percorso dall'esercito si trovano cadaveri. [3] E ben presto anche la gente del posto si ammala. Nei primi tempi sono contagiati [4] soprattutto i poveri, poi la peste comincia a colpire anche i ricchi.

1. **vigna spoglia** : campo di viti, senza uva.
2. **palo** : legno lungo e dritto.
3. **cadavere** : corpo di una persona morta.
4. **contagiare** : fare ammalare di una malattia infettiva (peste, influenza, AIDS, lebbra...).

La guerra, la miseria, la peste

C'è chi pensa che qualcuno abbia interesse a diffondere l'epidemia: tutti sospettano di tutti. Si parla di uomini visti in Duomo ungere [1] una panca [2] e la gente subito pensa che si tratti di un veleno.

Alla fine del mese di marzo le morti si moltiplicano. Appena si scopre un morto di peste, si manda tutta la famiglia al lazzaretto. I sintomi ormai sono noti a tutti: spasimi, delirio, lividi [3] e bubboni. [4] Nel luglio 1630 la popolazione della città è ridotta da 250.000 a 64.000 persone, mentre quella del lazzaretto aumenta di giorno in giorno, tanto da arrivare fino a 16.000 unità.

I più spregiudicati, [5] risparmiati dalla peste, hanno trovato una nuova attività, quella di monatti. Si tratta di trasportare i cadaveri alla fossa comune, ma non solo: i monatti possono entrare da padroni in ogni casa, rubando e minacciando i sani di contagiarli.

Una notte, verso la fine d'agosto, proprio nel periodo di massima diffusione della peste, Don Rodrigo torna a casa accompagnato dal Griso, l'unico che gli è rimasto accanto fra tutti i 'bravi'. Camminando sente un malessere, una stanchezza che vorrebbe attribuire solo al vino e al caldo della stagione.

"Sto bene, vedi" dice Don Rodrigo, rivolgendosi al Griso.

"Scherzi della vernaccia," [6] risponde l'altro tenendosi lontano

---

1. **ungere** : coprire con olio (es. si ungono i mobili prima di lucidarli).
2. **panca** : (qui) sedile di una chiesa.
3. **livido** : macchia scura sulla pelle, che di solito si forma dove si è avuto un colpo.
4. **bubbone** : grosso gonfiore sotto la pelle che può aprirsi e diventare infetto.
5. **spregiudicato** : persona che non ha timore di rischiare.
6. **vernaccia** : tipo di vino bianco.

I Promessi Sposi

"andate subito a letto!"

"Hai ragione," aggiunge Don Rodrigo "... se posso dormire!"

Il Griso prende il lume e, augurata la buonanotte al padrone, se ne va in fretta. Il terrore della morte invade Don Rodrigo e, soprattutto, la paura di essere preso dai monatti e portato al lazzaretto.

In preda al panico e bagnato di sudore, Don Rodrigo chiama il Griso: "Griso! Sei sempre stato il più fedele fra i miei servi. Se guarisco, ti farò del bene, ancor più di quello che ti ho fatto in passato. Fammi un piacere."

"Comandi!" risponde il servo.

"Sai dove sta il chirurgo [1] di nome Chiodo? È uno che tiene segreti gli ammalati, se lo paghi bene."

"Lo so benissimo, vado e torno subito."

Don Rodrigo, tornato sotto le coperte, con l'immaginazione accompagna il Griso alla casa del Chiodo. Calcola il tempo. Improvvisamente sente uno stropiccio [2] di piedi e un orrendo sospetto gli passa per la mente. "Ah, traditore infame!" grida, e cerca la pistola. Ma i monatti gli saltano addosso e insieme al

---

1. **chirurgo** : medico che sa fare anche operazioni.
2. **stropiccio** : rumore di qualcosa che si muove strusciando contro un'altra.

Griso rubano tutti i suoi averi. Poi uno lo prende per i piedi, l'altro per le spalle e lo mettono su una barella. [1]

Renzo, che ha lavorato in un filatoio del bergamasco [2] sotto il falso nome di Antonio Rivolta, dopo aver preso la peste ed esserne guarito curandosi da solo, decide di tornare a casa.

"Vai, e che il Cielo ti benedica!" gli dice il cugino Bortolo, che lo ha ospitato in tutto quel periodo.

Sulla strada verso casa Renzo incontra 'ombre vaganti' o cadaveri portati alla fossa. La sera arriva al suo paese ed ecco uscire da dietro una casa una figura nera che riconosce come Don Abbondio. "È lui!" pensa.

---

1. **barella** : letto usato per trasportare malati o feriti.
2. **bergamasco** : zona intorno alla città di Bergamo.

"Sei qui... tu?" esclama il prete. "Sono qui. Si sa niente di Lucia?" "Che Vuoi che se ne sappia: è a Milano, se è ancora in questo mondo!"

"E Agnese è viva?" "Ma chi vuoi che lo sappia! È andata a starsene in montagna, dai suoi parenti."

"E Fra' Cristoforo?"

"Non se n'è più sentito parlare. Ma tu che cosa vieni a fare da queste parti?" gli chiede Don Abbondio.

"Sono voluto venire a vedere i fatti miei."

"Cosa vuoi vedere? Non hai paura che ti portino in prigione?"

"A quello non ci penso" dichiara Renzo, e aggiunge: "E lui è ancora vivo?"

"Ti dico che non c'è nessuno! Possibile che tu abbia addosso tanto fuoco, dopo tutto quello che è successo?"

"C'è o non c'è?" chiede insistentemente Renzo.

"Non c'è, ma la peste, figliolo... Io l'ho scampata [1] e ringrazio il Cielo! E tu non andare a cercare altri guai..."

"Ditemi, ne sono morti molti qui?"

"Eh, a cominciare da Perpetua... Se quelli che restano non mettono giudizio, [2] questa volta non c'è che la fine del mondo!"

Proseguendo per la sua strada, Renzo passa davanti alla sua vigna e vede in che stato è ridotta. Poco lontano c'è la sua casa. Attraversa l'orto camminando fra le alte erbacce. Entra in una delle due stanze al piano terra: la sporcizia copre tutto il pavimento. È ancora il letto dei Lanzichenecchi! [3]

---

1. **scampare** : salvarsi da qualcosa.
2. **mettere giudizio** : imparare a comportarsi con saggezza.
3. **Lanzichenecchi** : nei secoli XV-XVII erano chiamati così i soldati mercenari tedeschi.

Per quella notte Renzo viene accolto da un vicino di casa. A tavola, davanti ad una polenta fumante, Renzo gli racconta tutte le sue vicende.

Il mattino dopo è già pronto per ripartire: va a Milano, alla ricerca di Lucia. Quando vuole riposarsi, si ferma in alcune cascine in mezzo ai campi, perché ormai di osterie non ne vuole più sapere.

Arrivato a Milano, Renzo entra da Porta Nuova nella parte più deserta della città: sente un rumore di ruote e di cavalli, un tintinnio [1] di campanelli accompagnato da urla. È un carro usato per trasportare i morti; e dopo quello un altro e un altro e un

---

1. **tintinnio** : suono di oggetti di vetro o metallo (es. bicchieri o piccole campane d'argento).

altro ancora. Renzo va dalla parte opposta, ma trova uno spettacolo ancora più orribile: morti stesi per la strada, malati che si trascinano qua e là. Allunga il passo cercando di non guardare, ma è colpito da una scena particolarmente pietosa. Appare sulla porta di una di quelle case una donna, giovane e di una bellezza non ancora del tutto alterata dalla peste. Porta in braccio una bambina di forse nove anni, morta. Un monatto vuole levargliela dalle braccia.

"No, non me la toccate per ora. Devo metterla io su quel carro. Prendete!" e dà al monatto una borsa con i denari. Poi aggiunge: "Addio, Cecilia! Riposa in pace! Stasera verremo anche noi, per restare sempre insieme." E poi, rivolta di nuovo al

monatto: "Questa sera passerete a prendere anche me, e non me sola." Quindi rientra in casa e si affaccia alla finestra tenendo in braccio un'altra bambina più piccola, viva, ma con i segni della morte in volto.

Renzo, turbato, prosegue la sua strada e arriva per caso davanti alla casa di Don Ferrante. Bussa alla porta e chiede alla padrona:

"Signora, sta qui a servire una giovane di campagna di nome Lucia?"

"Non c'è più, è al lazzaretto" risponde la donna e richiude subito la finestra.

Colpito da questa brutta notizia, si avvia verso quel luogo, ormai stanco di vedere tante miserie.

Entrato nel lazzaretto, Renzo cerca in ogni capanna con il

desiderio e allo stesso tempo con la paura di trovare Lucia. Ad un tratto vede un frate cappuccino passare e perdersi tra le baracche: [1] è proprio Fra' Cristoforo. Grande è la consolazione di Renzo nel ritrovare il suo buon frate, ma svanisce [2] presto, quando si accorge che il male non lo ha risparmiato. "Tu qui?" gli chiede il frate sorpreso: "Perché vieni ad affrontare la peste?"

"L'ho avuta," dice Renzo e prosegue "vengo a cercare Lucia."

"È tua moglie?" domanda il frate.

"No che non è mia moglie. Non sapete nulla di quello che è accaduto?"

E gli racconta la storia di Lucia: come era stata ricoverata al monastero di Monza, come era stata rapita... Gli racconta anche di sé: la giornata di Milano, la fuga... "E ora sono qui a cercarla" conclude.

"Hai qualche indizio [3] su dove sia?"

"Niente, caro padre, ma guarderò in lungo e in largo [4] tutto il lazzaretto, e se non la trovo... troverò qualcun altro, e allora la farò io la giustizia!"

"Disgraziato! E vorresti che io rubassi il tempo ai miei malati per ascoltare i tuoi pensieri di vendetta?" grida Fra' Cristoforo.

"Va bene... lo perdono!" esclama Renzo.

"E se tu lo vedessi?"

"Pregherei il Signore di dare pazienza a me e di toccare il cuore a lui."

"Ebbene, vieni con me." E, presa la mano di Renzo, Fra'

1. **baracca** : casa di legno piccola e povera, capanna.
2. **svanire** : scomparire.
3. **indizio** : (qui) informazione.
4. **in lungo e in largo** : in ogni posto.

Cristoforo lo guida verso una capanna. Ci sono tre o quattro infermi [1] all'interno. Renzo ne distingue uno con un mantello signorile addosso: è Don Rodrigo. Immobile, con gli occhi spalancati, [2] ma con lo sguardo fisso, il viso pallido, coperto di macchie nere, solleva il petto di quando in quando [3] con un respiro affannoso.

Renzo, dopo quell'incontro, prosegue verso il quartiere delle donne. Mentre sta con la testa appoggiata ad una parete di paglia, sente una voce femminile: "Chi ci ha protette finora, ci

---

1. **infermo** : malato.
2. **spalancato** : aperto.
3. **di quando in quando** : ogni tanto.

proteggerà anche adesso!"

Se Renzo non urla, è solo perché gli manca il fiato [1] in gola. "Lucia, ti ho trovata! Sei proprio tu! Sei viva!" esclama poi vedendola.

"Oh, Signore benedetto! Tu? E la peste?"

"L'ho avuta. E tu?"

"Anch'io, ma il Signore mi ha voluto lasciare ancora quaggiù. Ah, Renzo, perché sei qui?"

"Perché?" dice Renzo avvicinandosi a lei sempre di più. "Non mi chiamo più Renzo io? Non sei più Lucia tu?"

"Cosa dici? Non ti ha fatto scrivere mia madre?"

"Sì, purtroppo... ma quelle sono promesse che non contano niente."

"Oh, Signore, che dici?" esclama Lucia. "Ho fatto una promessa alla Madonna!... Un voto!"

"Senti, Lucia, Fra' Cristoforo è qui, gli ho parlato poco fa e mi ha detto di venirti a cercare. E quando è un santo che parla, è il Signore che lo fa parlare."

"Se ha parlato così, è perché lui non sa. Vedrai che lui ti farà mettere il cuore in pace!" [2]

"Il cuore in pace? Questo levatelo dalla testa!" [3]

"Oh Vergine santissima, aiutatemi voi!" esclama la ragazza, unendo le mani in preghiera.

Renzo torna allora da Fra' Cristoforo. "Ebbene?" gli chiede il frate.

---

1. **fiato** : respiro.
2. **mettersi il cuore in pace** : rassegnarsi, accettare i fatti dolorosi della vita.
3. **levarselo dalla testa** : scordàrselo, dimenticàrselo.

"L'ho trovata, ma ora c'è un altro problema: dice che non mi può sposare, perché quella notte terribile ha fatto un voto alla Madonna."

"È molto lontana da qui? Andiamoci insieme."

Arrivati alla capanna di Lucia, Fra' Cristoforo le chiede:

"Cos'è il voto di cui mi ha parlato Renzo?"

"È un voto che ho fatto alla Madonna, in un momento di grande sofferenza!"

"E non hai pensato che eri legata da un'altra promessa?"

"Ho fatto male?" chiede Lucia.

"No, la Vergine ha di certo apprezzato il tuo gesto, ma io posso liberarti da questo obbligo! Torna pure tranquilla ai pensieri di una volta."

Comprensione

1 Ricostruisci i fatti narrati nel capitolo, unendo l'anno e il mese (o la stagione) alla frase corrispondente.

1 Renzo è stato nascosto vicino a Bergamo da suo cugino Bortolo...

2 Milano è colpita da una grave carestia...

3 I Lanzichenecchi entrano nel ducato di Milano...

4 Don Abbondio, Perpetua ed Agnese restano nel castello dell'Innominato...

5 La peste si diffonde a Milano...

6 La popolazione di Milano, colpita dalla peste, si riduce ad un quarto di quella che era prima...

7 Don Rodrigo è colpito dalla peste...

a nel periodo fra settembre e ottobre 1629.

b nel settembre del 1629.

c nel luglio del 1630.

d dall'inverno 1628 all'autunno 1629.

e all'inizio del 1630.

g nell'inverno fra il 1628 e il 1629.

2 Rispondi alle seguenti domande.

a I soldati passati per Milano non hanno lasciato solo disordine e sporcizia: cos'altro? ....

b "Ah traditore infame!" dice Don Rodrigo. A chi si riferisce? Perché lo chiama così? ....

c "E lui è ancora vivo?" chiede Renzo a Don Abbondio. Chi è questo 'lui'? ....

d "Questa sera passerete a prendere me, e non me sola" dice la madre di Cecilia al monatto. Chi altri dovrà tornare a prendere? ....

e "Troverò qualcun altro, e allora la farò io la giustizia!" dice Renzo a Fra' Cristoforo nel lazzaretto. Chi è questo 'qualcun altro'? ....

3 Leggi queste frasi e rimettile nell'ordine giusto per costruire un breve riassunto del capitolo 6.

a ☐ A Milano, dopo la rivolta per il pane, si verifica una carestia e arrivano i Lanzichenecchi.

b ☐ Renzo va a Milano a cercare Lucia e la trova nel lazzaretto.

c ☐ A Milano scoppia la peste.

d ☐ Don Rodrigo, colpito dalla peste, è tradito dal Griso e viene portato al lazzaretto.

e ☐ Don Abbondio, Perpetua ed Agnese decidono di fuggire e si rifugiano al castello dell'Innominato.

4 Ascolta e leggi attentamente. Sottolinea nel testo le parole diverse e scrivi quelle corrette.

> Il Griso prende la candela e, augurata la buonanotte al padrone, se ne va lentamente. Lo spavento della morte assale Don Rodrigo e, soprattutto, la paura di essere catturato dai monatti e portato al lazzaretto.
> In preda alla disperazione e bagnato di sudore Don Rodrigo cerca il Griso: "Griso! Sei sempre stato il più caro fra i miei servi. Se peggioro, ti farò del bene, ancor più di quello che ti ho fatto in futuro. Fammi un piacere."

1 ....   6 ....

2 ....   7 ....

3 ....   8 ....

4 ....   9 ....

5 ....   10 ....

Competenze linguistiche

1 Ripensando alla psicologia dei personaggi principali del romanzo, scrivi a fianco di ciascuno l'aggettivo più adatto.

> mite saggio/a pauroso/a generoso/a
> impulsivo/a pentito/a sleale

a Renzo è un giovane di buoni propositi ma facile
all'ira e agli slanci appassionati.   ....

b Lucia è una ragazza che non vuole far male
a nessuno.   ....

c Agnese è una donna piena di buon senso, conosce
i fatti della vita e ha sempre un consiglio pronto
per tutti.   ....

d Don Abbondio cerca di tenere lontano da sé tutti
i problemi e i rischi della vita.   ....

e Fra' Cristoforo aiuta gli altri senza pensare a sé.   ....

f L'Innominato ha vissuto sempre nel peccato,
ma improvvisamente decide di cambiare vita.   ....

g Il Griso obbedisce fedelmente a Don Rodrigo, ma
gli volta le spalle appena capisce che ha la peste.   ....

Produzione scritta

1 Pentimento, tradimento, rassegnazione: quali personaggi introdotti nel capitolo 6 potrebbero rappresentare meglio questi tre concetti? Perché?

(da un minimo di 150 ad un massimo di 200 parole)

L'Angolo del Lazzaretto fuori della Porta Orientale
(seconda metà del XVIII secolo). Civica Raccolta Bertarelli, Milano.

Il lazzaretto

L'origine

Il lazzaretto è un luogo dove si tengono in quarantena le persone
sospettate di avere malattie contagiose. Il primo lazzaretto fu
costruito nel 1423 a Venezia, sull'isola di Santa Maria di Nazareth,
5 per raccogliere i malati infettivi provenienti dalla Palestina. Proprio
da quest'isola deriva, sembra, questa parola, forse associata anche al
nome di 'Lazzaro' (il lebbroso resuscitato da Gesù Cristo).
In passato i lazzaretti erano costruiti soprattutto sulle isole davanti ai
grandi porti, perché spesso le infezioni arrivavano proprio dal mare.
10 Inoltre, per combattere le epidemie, dal Quattrocento le navi
cominciarono a usare la bandiera gialla, come segno di infezione a
bordo.

Il lazzaretto di Milano

Il lazzaretto di Milano era un recinto a forma di quadrilatero, fuori
15 della città, a sinistra di Porta Orientale, distante dalle mura lo spazio
di una fossa e di una strada di circonvallazione. [1] All'interno
conteneva un edificio di 288 stanze, costruito nell'anno 1489 allo
scopo di ricoverarvi, se necessario, i malati di peste. In caso di
grande affollamento, si costruivano anche tende e capanne
20 all'interno del recinto.

1 Scrivi negli spazi le parole corrispondenti alle definizioni (fra
parentesi troverai anche il numero della riga del testo dove
compare la parola).

a Terra Santa (r. 5):

☐ ☐ L ☐ ☐ ☐ ☐ ☐ ☐

b cavità scavata nella terra (r. 16):

☐ ☐ ☐ ☐ ☐ A

c malattie contagiose (r. 9):

☐ ☐ ☐ ☐ ☐ Z ☐ ☐ ☐ ☐

d spazio circondato da un muro, una siepe e una palizzata (r. 13):

☐ E ☐ ☐ ☐ ☐ ☐

e periodo di isolamento di persone sospettate di avere una
malattia contagiosa, originariamente di 40 giorni (r. 2):

☐ ☐ ☐ R ☐ ☐ ☐ ☐ ☐ ☐

f strada che gira intorno alla città (r. 16):

☐ ☐ ☐ ☐ ☐ ☐ ☐ ☐ ☐ ☐ ☐ ☐ Z ☐ ☐ ☐ ☐

g ospitare in ospedale (r. 18):

☐ ☐ ☐ ☐ ☐ E ☐ ☐ ☐ ☐

---

1. **strada di circonvallazione** : strada che gira intorno al centro della
città.

CAPITOLO 7

Epilogo

Appena Renzo esce dal lazzaretto comincia a grandinare [1] con gocce grosse e impetuose.

È l'acqua che porta via la peste!

Il giovane cammina allegramente, senza pensare a niente se non a raggiungere presto il suo paese.

Finalmente arriva alla casa del vicino che lo aveva ospitato due giorni prima.

"Già qui? E con questo tempo? Come è andata?"

"L'ho trovata! Viva! Guarita!"

L'uomo, felice per questa notizia, gli prepara una buona polenta, mentre Renzo gli racconta tutto nei minimi particolari.

Il giorno dopo Renzo va in montagna in cerca di Agnese. La trova e, prima che lei riesca a dire una parola, le annuncia: "Lucia è guarita!" Agnese gli indica l'orto dietro alla casa e invita il

---

1. **grandinare** : il cadere della grandine (acqua congelata a forma di piccole palle di ghiaccio).

I Promessi Sposi

giovane a sedersi su una panca per raccontare. Poi Renzo tira fuori i cinquanta scudi che aveva ricevuto da Agnese per restituirglieli: "Li ho tutti qui: avevo fatto voto anch'io di non toccarli, finché la cosa non si fosse chiarita."

"No, no," dice Agnese "ne ho ancora più del necessario per me: conservali per mettere su casa!" [1]

Renzo torna al suo paese, non prima di aver convinto Agnese a rientrare anche lei dopo qualche giorno. Che consolazione per lei trovare la sua casa come l'aveva lasciata! Forse avevano fatto la guardia gli angeli! Comincia a preparare tutto per l'arrivo di Lucia e, lavorando, inganna il tempo. [2]

Anche Renzo non passa in ozio [3] quei giorni: sa fare due mestieri e ora si dedica a quello del contadino. Quelli del paese gli

1. **mettere su casa** : preparare la casa per la nuova famiglia.
2. **ingannare il tempo** : passare il tempo dell'attesa.
3. **in ozio** : senza fare niente.

118

fanno grande accoglienza e congratulazioni e ognuno vuole sentire da lui la sua storia.

Quanto a lui e Don Abbondio, stanno alla larga [1] l'uno dall'altro. Lucia, dopo la visita di Renzo al lazzaretto, esce a fine quarantena e viene a sapere che Fra' Cristoforo è morto di peste.

Una sera Agnese sente arrivare una carrozza. "È lei!" grida.

La mattina dopo capita lì Renzo, che non sa nulla: alla vista di Lucia è emozionato, felice e sorpreso.

Dopo i primi momenti di felicità, Renzo e Lucia pensano con tristezza a Fra' Cristoforo, che gli aveva tanto aiutati.

In seguito Renzo va deciso da Don Abbondio per prendere accordi per il matrimonio.

"Signor curato, Vi è passato quel dolore di testa per cui dicevate di non poterci sposare?"

Don Abbondio non dice di no, ma scuote [2] il capo.

"Ah, ho capito, avete ancora un po' di quel male."

"Non è vero," replica il prete "ti ho forse detto di no?"

Renzo se ne va per non perdere la pazienza. Allora decidono di andarci le donne: Don Abbondio fa grandi congratulazioni a Lucia e saluti ad Agnese.

---

1. **stare alla larga** : stare lontano.
2. **scuotere** : muovere da una parte all'altra.

I Promessi Sposi

Ad un certo punto entra anche Renzo, con passo risoluto, [1] e annuncia: "È arrivato il marchese!" [2]

"Ah!" replica Don Abbondio "L'ho sentito nominare più di una volta come un bravo signore."

"È arrivato nel suo palazzo, come erede di Don Rodrigo."

"Ma che sia proprio vero?" domanda il curato.

"Al sagrestano [3] crede?" aggiunge Renzo.

"E perché?"

"Perché lui l'ha visto con i suoi occhi."

"Ah, è morto, dunque?" esclama Don Abbondio.

"Io l' ho perdonato di cuore" dice Renzo.

"E hai fatto il tuo dovere. Ma si può anche ringraziare il Cielo che ce ne abbia liberati. Perciò, se volete... oggi è giovedì... domenica vi posso sposare!"

Il giorno seguente Don Abbondio riceve una visita tanto inaspettata quanto gradita: è il signor marchese, che viene a chiedergli dei due giovani promessi sposi e gli dice che vuole aiutarli. Anzi, gli propone di andare subito insieme a casa della sposa. Qui trovano le donne e Renzo, che si meravigliano di ricevere una visita così straordinaria. Sapendo che desiderano mettere su casa altrove, il marchese si offre di comprare le loro casucce. [4] Non solo: con la sua autorità farà revocare [5] l'ordine di cattura che ancora pesa su Renzo.

"Ah" dice fra sé Don Abbondio, tornato a casa "se la peste

---

1. **risoluto** : deciso.
2. **marchese** : titolo nobiliare (più importante di un conte e di un barone, meno di un duca e di un principe).
3. **sagrestano** : custode della chiesa.
4. **casuccia** : casa piccola e povera.
5. **revocare** : annullare, cancellare.

facesse sempre andare le cose così, ce ne vorrebbe una per ogni generazione. A patto di guarire, naturalmente!"

Arriva finalmente il gran giorno: i due promessi vanno felici verso la chiesa, dove, per bocca di Don Abbondio, vengono dichiarati marito e moglie.

Dopo il matrimonio, il pranzo di nozze si svolge nel palazzotto che era stato di Don Rodrigo, alla tavola del buon marchese.

Dopo pranzo viene steso il contratto, non certo per mano

dell'Azzeccagarbugli, morto di peste. Poi i Tramaglino partono per il bergamasco, dove Renzo compra a mezzo [1] con il cugino Bortolo un filatoio vicino a Bergamo.

Prima che finisca il primo anno di matrimonio viene alla luce [2] una bella creatura, una bambina, a cui naturalmente viene dato il nome di Maria. Ne vengono poi con il tempo non so quanti altri dell'uno e dell'altro sesso, con Agnese sempre affaccendata [3] a portarli qua e là, dando loro dei bei bacioni in viso. Renzo, quando racconta le sue avventure, finisce sempre dicendo quante cose gli hanno fatto imparare. "E io che cosa ho imparato?" dice Lucia. "Io non sono andata a cercare i guai, sono loro che sono venuti a cercare me."

"Ma quando vengono i guai, o per colpa o senza colpa, ci vuole la fiducia in Dio per addolcirli" concludono entrambi.

È questa la morale della storia: se vi è piaciuta, ringraziate chi l'ha scritta e almeno un po' chi l'ha raccontata; se invece vi avesse annoiato, credete che non si è fatto apposta.

1. **a mezzo** : a metà, in società.
2. **venire alla luce** : nascere.
3. **affaccendata** : impegnata.

Comprensione

1 Rileggi il capitolo 7 per rispondere alle seguenti domande (se hai bisogno di aiuto, rileggi anche il capitolo indicato fra parentesi alla fine di ogni domanda).

a *Poi Renzo tira fuori cinquanta scudi che aveva ricevuto da Agnese per restituirglieli.* Per quale motivo Agnese gli aveva dato questi soldi? Da chi li aveva avuti? (capitolo 5)

....

b *Forse avevano fatto la guardia gli angeli!* Contro chi? (capitolo 7)

....

c *Renzo sa fare due mestieri e si dedica ora a quello del contadino.* Qual è l'altro suo mestiere? (capitolo 1)

....

d *"Le è passato quel dolore di testa per cui diceva di non poterci sposare?"* chiede Renzo a Don Abbondio. A cosa si riferisce in realtà? (capitolo 2)

....

e *Il marchese farà revocare l'ordine di cattura che ancora pesa su Renzo.* Perché Renzo è ricercato dalla polizia? (capitolo 4)

....

f *Il contratto di acquisto della casa di Renzo e di quella di Lucia ed Agnese da parte del marchese viene steso da un avvocato che non è certo l'Azzeccagarbugli.* Perché è morto o perché non era comunque un avvocato degno di fiducia? (capitolo 1)

....

g *Renzo e Lucia hanno una bella bambina a cui viene dato naturalmente il nome di Maria.* Perché è naturale che la chiamino così? (capitolo 5)

....

Competenze linguistiche

1 Unisci ogni verbo all'espressione corrispondente.

1	prendere	a	un contratto
2	fare	b	un voto
3	dichiarare	c	il tempo
4	stendere	d	un mestiere
5	revocare	e	gli accordi
6	ingannare	f	la pazienza
7	dedicarsi a	g	un ordine
8	perdere	h	marito e moglie

1☐ 2☐ 3☐ 4☐ 5☐ 6☐ 7☐ 8☐

Grammatica

1 Trasforma questi nomi usando i suffissi elencati.

-accio -uccio -etto -ino -one

casa (piccola e povera)	casuccia
pensiero (cattivo)	
letto (grande)	
scala (piccola e graziosa)	
sospiro (grande)	
bacio (grande)	
soldato (piccolo)	
bocca (piccola e graziosa)	
strada (piccola)	

Produzione scritta

1 A quali capitoli si riferiscono queste immagini? Scrivi sotto a ciascuna il numero del capitolo e una frase che descrive il fatto illustrato.

a Cap. ....
....

b Cap. ....
....

c Cap. ....
....

d Cap. ....
....

e Cap. ....
....

f Cap. ....
....

2 Scegli tu una morale per questa storia.

a ☐ Tutto è bene quel che finisce bene.

b ☐ È inutile lottare contro il destino.

c ☐ Ci vuole la fede in Dio per sopportare le difficoltà della vita.

d ☐ ....

3 Ecco alcune foto di un matrimonio cattolico nell'Italia di oggi. Completa la tabella nella pagina successiva confrontando alcune caratteristiche di un matrimonio di questo tipo con un altro che conosci (di un'altra religione, un altro paese, ecc.).

	Matrimonio cattolico in Italia	Matrimonio .... in ....
Dove si svolge		
Come sono vestiti gli sposi		
Come si svolge la cerimonia		
Come si svolgono i festeggiamenti		
Altre particolarità		

CELI 4

4 Immagina Lucia, ormai mamma e moglie felice, che una sera, mentre i bambini sono già a letto, si siede con Agnese a ricordare il passato e gli spostamenti suoi e di Renzo prima del matrimonio. Scrivi il dialogo, registralo o prepara un *role-play* in classe con i tuoi compagni.

PROGETTO **INTERNET**

Connettiti a Internet e vai su un qualsiasi motore di ricerca. Inserisci la voce *Promessi Sposi*.

Compariranno, tra gli altri, alcuni siti dedicati ad interpretazioni teatrali e cinematografiche del romanzo.

• Scegli il sito che ti interessa di più e riporta le principali informazioni in modo schematico: anno di produzione, attori principali, regista…

• Esprimi il tuo giudizio su questa reinterpretazione e confrontalo con quello dei compagni.

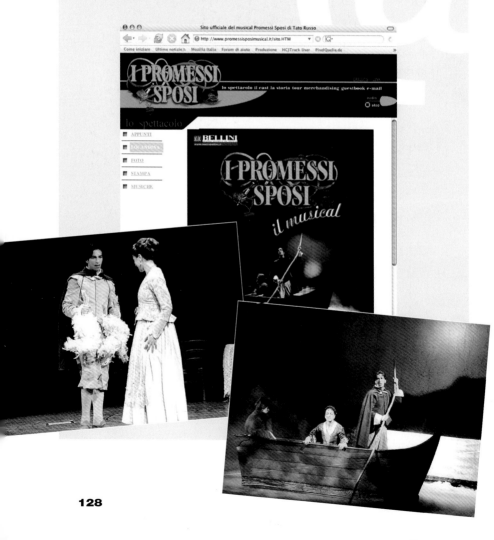